Wolfgang Ecke

Sein Name ist zu einem Begriff geworden für spannende Unterhaltung. Er hat mittlerweile das dritte »Goldene Taschenbuch« für drei Millionen verkaufte »Ravensburger Taschenbücher« erhalten.

Wolfgang Ecke über seine Kriminalgeschichten:

»Ich behaupte, es gibt keinen Kinder-Krimi! Es gibt nur Kriminalgeschichten, die als Lektüre für Kinder geeignet sind; wobei es unbedeutend ist, ob sie eigens für Kinder geschrieben wurden.«

Wolfgang Ecke über sein Leben:

»Geboren dort, wo Karl May starb: in Radebeul, und zwar am 24. November 1927. Schulbesuch, da Pflicht. ›Sehr gut‹ in Deutsch und Geographie. Alle übrigen Zensuren nicht überlieferungswürdig. Mit 13 Jahren in ein militärisches Internat. Außer Marschieren und Strammstehen auch Klavier, Schlagzeug und Fagott gelernt. Gelungener Versuch, den Krieg unbeschadet zu überleben. Danach Hochschule für Musik und Theater in Dresden. Bereits 1946 aus politischen Gründen von der Hochschule relegiert. Häufiger Wechsel der Geographie und der Berufe.«
Heute ist Wolfgang Ecke ständiger Mitarbeiter bei vielen europäischen Radiostationen.
Er schrieb bisher einige Hundert Hörspiele, von denen unzählige, ebenso wie ein Großteil seiner über vierzig Bücher, in viele Sprachen übersetzt wurden.

In den Ravensburger Taschenbüchern sind neben mehreren Einzeltiteln bisher folgende Serien von ihm erschienen:

Wer knackt die Nuß?
Perry Clifton
Club der Detektive
Club der Detektive – Geschichten auf englisch
Wolfgang Ecke's Kriminalmagazin
Tom Knall und die Libelle
Meisterdetektiv Balduin Pfiff
Ecke-Stücke

Wolfgang Ecke's Kriminalmagazin 5

6 Kriminalgeschichten
herausgegeben von Wolfgang Ecke

Otto Maier Verlag Ravensburg

Erstmals 1981 in den Ravenburger Taschenbüchern

Umschlagentwurf: Walter Emmrich

Otto Maier Verlag Ravensburg
Gesamtherstellung: Ebner Ulm
Printed in Germany

5 4 3 2 85 84 83 82

ISBN 3-473-38704-5

Inhalt

John D. MacDonald: Der Buick bringt's an den Tag

Um nach Leeman in Texas zu kommen, fährt man von Beaumont auf der Fernstraße 90 etwa dreißig Meilen nach Südwesten und biegt dann nach rechts ab auf eine zweispurige Betonstraße. Von da sind es noch fünf Minuten bis Leeman. Der Stadtkern ist sechs Straßen breit und fünf Häuserblocks lang. Wenn ein Riese aus dem Märchen die sechs Tankstellen, die beiden Kinos, das Metallwarengeschäft von Willows, die Leeman National Bank, die beiden großen klimatisierten Kaufhäuser, den Laden von Sears, vier Cafés, Rightsingers Bekleidungsgeschäft und das Leeman House, ein Hotel mit zwanzig Zimmern, fortnehmen würde, dann bliebe außer dem Supermarkt und vier gut ausgestatteten Drugstores sehr wenig übrig.
Am 3. Oktober kam ein gewisser Mr. Stanley Woods mit dem Bus an und ging mit seinem Koffer zum Leeman House. In Leeman gibt es keinen sozialen Rangunterschied zwischen Bus, Eisenbahn und Flugzeug, denn Leeman hat weder einen Flugplatz noch einen Bahnhof.
Auf alle, die später gefragt wurden, schien Stanley Woods sehr wenig Eindruck gemacht zu haben. Sie sprachen von einem Mann mittlerer Größe so um die Dreißig oder vielleicht auch schon Vierzig. Nein, er war nicht dick, aber dünn war er auch nicht. Blaue Augen? Vielleicht auch braun. Ich glaube, er trug einen grauen Anzug. Ich kann mich nicht erinnern, ob seine Brillengläser eine Fassung hatten oder nicht. Wenn sie eine hatten, dann war sie wahrscheinlich aus Gold.
Aber alle waren sich einig, daß Stanley Woods ruhige Sicherheit ausstrahlte und nach Geld roch. Aus den Geschäftskarten, die hier und dort auftauchten, ergab sich, daß

Woods die Firma Groston aus Atlanta in Georgia vertrat, die Präzisionswerkzeug herstellte. Er hatte in der Leeman National Bank einen Scheck über zwölfhundert Dollar hinterlegt, und die Bank hatte die Kreditwürdigkeit von Groston routinemäßig überprüft. Sie war ausgezeichnet, aber natürlich erklärte die Firma später, daß sie nie von einem Stanley Woods gehört hätte. Auch die gefälschten Geschäftskarten ergaben keine Spur. Nach der Papiersorte und den Druckbuchstaben konnten sie in jeder größeren Stadt des Landes hergestellt worden sein.

Und alle stimmten darin überein, daß Woods erzählt hatte, er wollte sich »umsehen, um einen guten Standort für eine kleine Fabrik zu finden. Dezentralisierung, Sie wissen schon. Nein, wir wollen nicht direkt in der Stadt bauen«.

Tagsüber mietete er Tod Bishmers Wagen. Tod arbeitete bei der Tankstelle Ecke Beaumont und Lone Star Street und hatte am Tag für seinen Plymouth keine Verwendung. Woods erforschte alle Straßen, die aus der Stadt hinausführten, und natürlich stiegen die Grundstückspreise während seines Aufenthalts beträchtlich an.

Am Morgen des 17. Oktober verließ Stanley Woods die Stadt ziemlich plötzlich und unter ungewöhnlichen Umständen.

Die erste Person, der etwas Ungewöhnliches auffiel, war Miß Trilla Price in der Vermittlung der Telefongesellschaft. Mit den Ortsgesprächen war alles in Ordnung, aber sie konnte Charley Andersons Ferngespräche nach Houston nicht durchbringen, und auch Beaumont war nicht zu erreichen. Charley war verärgert, er wollte sich durch das Gespräch nämlich um einen Besuch bei seiner Schwester am kommenden Wochenende drücken.

Das war um fünf Minuten vor neun. Vermutlich um die gleiche Zeit parkte ein Wagen mit zwei Männern in der Beaumont Street, schräg gegenüber der Bank, und einer der Männer öffnete die Motorhaube und beschäftigte sich mit der Zündung.

Keine Einigkeit bestand darüber, aus welcher Richtung der Buick in die Stadt gekommen war. Ein Mann und ein Mäd-

chen saßen in dem Wagen und parkten neben dem Drugstore. Und von dem dritten Wagen schien überhaupt niemand etwas zu wissen, weder wo er parkte, noch was für eine Marke es war.
Das Mädchen und der Mann stiegen langsam aus dem Buick aus, gerade als Stanley Woods vom Hotel her die Straße herunterkam.
Die Bank in Leeman ist werktags von neun bis zwei geöffnet. Um neun Uhr also zog C. F. Hethridge die grünen Vorhänge im Inneren des Gebäudes auf und öffnete die Türen der Bank. Er ist, oder war, der Hauptkassierer. Er grüßte Woods, der zu einem der hohen Schreibpulte ging und sich mit seinem Scheckbuch beschäftigte.
In diesem Augenblick geschah draußen auf der Straße etwas höchst Bemerkenswertes. Einer der beiden Männer aus dem ersten Wagen schlenderte gemächlich herüber und stellte sich neben den Buick. Der andere ließ den Motor des ersten Wagens an, fuhr die Straße hinunter, wendete in einem großen Bogen und parkte hinter dem Buick.
Das Mädchen und der Mann standen jetzt vor dem Schalter von Bob Kimball. Bob ist zweiter Kassierer, und bei dem Mädchen war ihm als einziges aufgefallen, daß sie blond war und einen harten Zug um den Mund hatte, und sie trug eine große Krokodilledertasche an einem Schulterriemen. Von dem Mann neben ihr wußte Bob gar nichts mehr, außer vielleicht, daß er eher dick war.
Der alte Rod Harrigan, der Bankportier, stand gähnend neben dem Haupteingang und stocherte mit einem abgebrochenen Streichholz in seinen Zähnen.
In diesem Augenblick hörte C. F. Hethridge das Summen des Zeitschlosses an der Stahlkammer und ging hinüber, um sie zu öffnen. Er zog die Tür weit auf und ging hinein, um das Geld für die Kassen zu holen. Er kam sofort wieder heraus und brachte ein Tablett mit Geld zu Bob. Das Mädchen sagte etwas von einem Scheck, den sie einlösen wollte, und Bob bat sie um ihren Ausweis. Sie öffnete die große Schultertasche, und ihr Begleiter schlenderte zum Portier hinüber. Im selben Augenblick zog das Mädchen einen kleinen,

bösartig blitzenden Revolver heraus und zielte zwischen Bobs Augen, und ihr Begleiter schlug den alten Rod Harrigan mit solchem Geschick nieder, daß er erst um vier Uhr nachmittags die Sprache wiederfand. Und dann hatte er natürlich nichts zu sagen.

C. F. Hethridge rannte zur Stahlkammer, und Bob, der überlegte, ob er auf den Alarmknopf treten sollte, warf gerade rechtzeitig einen Blick über die Schulter des Mädchens, um zu sehen, wie Stanley Woods sorgfältig zielte und Hethridge mit einem einzigen Kopfschuß zu Boden streckte.

Bob sagte, daß ein furchtbares Durcheinander war, und wie er sah, daß Hethridge plötzlich tot war, verlor er jeden Mut.

Auf jeden Fall war noch ein dritter Wagen da, mit drei Männern, und zwei von ihnen waren mit leeren schwarzen Lederkoffern ausgerüstet. Sie gingen in die Stahlkammer, mit einer Sicherheit, als ob sie die Bank durch und durch kannten. Auf dem Weg hinein stiegen sie über Hethridge hinweg, und auf dem Weg hinaus auch wieder.

Das einzige Bargeld, das sie übersahen, waren die Scheine in der Kasse an Bobs Schalter.

Als sie alle zum Ausgang liefen, ließ Bob sich fallen und drückte auf den Alarmknopf. Später sagte er, er hätte sich die Hand vor die Augen gehalten, obwohl er selbst nicht wußte, was ihm das hätte helfen können.

Der wirkliche Held ist Henry Willows. Er war in seinem Metallwarenladen beschäftigt, als er den Alarm hörte. Mit einer für einen fast siebzigjährigen Mann beachtlichen Reaktionszeit griff er nach einer kleinen Flinte, lud sie und ging zu seiner Ladentür, um zu sehen, was los war. Er sah Woods, den er kannte, mit drei Fremden und einer blonden Frau ziemlich rasch aus der Bank kommen. Am Randstein standen drei Wagen hintereinander, und in jedem saß ein Fahrer. Zwei von den Männern, die aus der Bank kamen, schleppten schwere Koffer. Henry legte auf den Fahrer im ersten Wagen, dem Buick, an und schoß ihn in die linke Schläfe. Er war sofort tot. Der Mann sackte auf das Lenkrad, und sein Körper drückte auf die Hupe, deren greller Ton sich in den Lärm der Alarmanlage mischte.

In diesem Augenblick schlug eine Kugel ein Loch mit strahlenförmigen Sprüngen nach allen Seiten in Henrys Schaufensterscheibe. Später wurde festgestellt, daß sie aus einer Polizeiwaffe Smith & Wesson stammte. Henry duckte sich, und als er für einen zweiten Schuß bereit war, waren zwei Wagen verschwunden. Nur der Buick war noch da. Er sah, wie Bob aus der Bank gerannt kam, und später erzählte er seiner Frau, er hätte schon angelegt und den Finger am Abzug gehabt, als er erkannte, daß es Bob Kimball war.
Alle waren sich einig, daß die beiden Wagen die Stadt in Richtung Fernstraße 90 verlassen hatten, und zwei Minuten später rasten Hod Abrams und Lefty Quinn mit dem einzigen Polizeiwagen in der selben Richtung aus der Stadt. Sie wurden von kampflustigen Amateuren verfolgt, die Henry Willows mit Feuerwaffen versorgt hatte. Am Stadtrand trafen sämtliche Wagen auf ein sonderbares Hindernis. Die Straße war übersät mit merkwürdigen Dingern aus Metall, fast wie eiserne Igel, die nach allen Seiten spitze Stacheln hatten. Jeder Reifen, der irgendwie mit einem solchen Igel in Berührung kam, wurde durchlöchert.
Der Polizeiwagen schwankte und kam mit kreischenden Reifen zum Stehen, kurz bevor er umkippte. Den Zwillingsbrüdern Stein, sie waren neunzehn, gelang es, den Dingern mit ihrer hochfrisierten Kiste auszuweichen, bis sie auf achtzig waren. Aber endlich erwischte es sie doch, der Wagen überschlug sich mindestens zehnmal, und die Zwillinge waren auf der Stelle tot. Das waren bis jetzt vier Tote. Hethridge, die Zwillingsbrüder Stein und ein nichtidentifizierter Bankräuber.
Niemand wollte den Räuber anrühren, und so blieb er, wo er war, bis die Batterie fast leer war und die Hupe heiser krächzend immer leise wurde. Hod Abrams hielt einen Wagen an und fuhr mit Lefty in die Stadt zurück, um die Fahndung einzuleiten. Über das Telefon bekamen sie keine Verbindung, und nach kurzer Zeit entdeckten sie, daß ein Scharfschütze mit einer weittragenden Büchse die Antenne der örtlichen Radiostation WLEE beschossen und damit den Sender stillgelegt hatte.

Verwirrung und Unentschlossenheit führten schließlich dazu, daß eine volle Stunde verging, bis endlich die Texas Rangers alarmiert wurden und Straßensperren errichteten.
Das Büro des FBI in Houston setzte eine Gruppe von Männern auf den Fall an, und aus dem Hauptquartier in Washington wurden zwei Experten für Banküberfälle im Flugzeug nach Beaumont gebracht. Reporter kamen aus Houston und Beaumont und von den beiden nationalen Presseagenturen, und Leeman eroberte sich die Titelseiten im ganzen Land, denn die Planung dieses Überfalls schien den Durchschnittsbürger zu faszinieren. Das FBI aus Houston kam an jenem Donnerstag am Nachmittag an, und die Gruppe aus Washington am späten Freitag. Sie waren alle sehr zuversichtlich. Als Ausgangspunkt für ihre Arbeit hatten sie eine Leiche und einen Wagen. Damit würden sie bestimmt die nötigen Spuren sichern, um herauszubekommen, welche Bande hinter dieser Sache steckte, obwohl die Durchführung des Überfalls auf keine der Banden schließen ließ, deren Arbeitsweise sie kannten.
Das Hauptquartier für die Ermittlungen wurde in der örtlichen Polizeistation eingerichtet, und Hod und Lefty, die sich anfangs sehr wichtig vorkamen, mußten draußen herumstehen und so tun, als ob sie wüßten, was vorging.
Hethridge, ein kühler, zurückhaltender und unbeliebter Mann, hatte sich innerhalb von vierundzwanzig Stunden in fünfzig erfundenen Geschichten in einen liebenswürdigen, menschenfreundlichen und großzügigen Mann verwandelt. Die Zwillingsbrüder Stein, die man bis jetzt für Tagediebe gehalten hatte, die im Gefängnis besser aufgehoben gewesen wären, wurden plötzlich zu prächtigen Söhnen des alten Texas.
Sonderagent Randolph A. Sternweister, der vor fünfzehn Jahren entdeckt hatte, daß eine Anwaltskanzlei ein sehr langweiliger Ort ist, bearbeitete den Fall. Er war der ältere der beiden Experten, die aus Washington hergeflogen worden waren. Er war einundvierzig Jahre alt, Kettenraucher, etwas dicklich, mit nicht dazu passenden hohlen Wangen

und leicht ergrautem Haar, was ihm, wie seine Frau Claire behauptete, ein distinguiertes Aussehen gab.
Die Leiche war die erste Spur. Alter zwischen dreißig und zweiunddreißig. Braunes Haar, das sich zu lichten begann. Gute Zähne, nur vier kleine Löcher, zwei von ihnen hatten Füllungen. Größe einszweiundsiebzig, Gewicht hundertachtundvierzig. Keine auffälligen Narben oder Tätowierungen. Die Kleidung war weder neu noch alt, der Anzug in Chicago gekauft. Hemd, Unterwäsche, Socken und Schuhe waren im ganzen Land verbreitete Marken der mittleren Preisklasse. In den Taschen fand man ein fast volles Päckchen Zigaretten, ein verbeultes Feuerzeug, eine billige Geldbörse mit drei Fünferscheinen und einem Einer, fünfundachtzig Cent Kleingeld, ein Streichholzheft mit Reklame für ein verbreitetes Abführmittel, einen weißen Elfenbeinknopf und einen mit Bleistift gezeichneten Plan auf billigem Schreibpapier, mit der Hauptstraße von Leeman – aber keine Andeutung des Fluchtweges. Die Klassifizierung der Fingerabdrücke wurde per Fernschreiber an die Zentrale geschickt, und die Antwort lautete, daß sie nicht registriert waren. Zu diesem Zeitpunkt bemerkten seine Mitarbeiter, daß Sternweister ein bißchen unruhig wurde.
Es folgte eine zweite, gründlichere Untersuchung der Leiche. Die Hände hatten keine Schwielen. Da Willows ein Geschoß Kaliber 22 benutzt hatte, hatte der hydraulische Druck auf die Gehirnflüssigkeit bewirkt, daß die Augen von Mr. X auf sehr unerfreuliche Weise aus den Höhlen getreten waren. Der Leichenbestatter drückte die herausgetretenen Augäpfel zurück und glättete den Gesichtsausdruck für eine Reihe von Aufnahmen, die an viele Stellen geschickt werden sollten. Das Büro in Chicago meldete, daß das Geschäft, in dem der Anzug gekauft worden war, so viel Kundschaft hatte, daß keiner der Angestellten den Mann auf dem Bild identifizieren konnte; auch die Polizei von Chicago kannte den jungen Mann nicht.
Der Schmutz unter den Fingernägeln wurde in einem markierten, durchsichtigen Umschlag gesammelt, ebenso der Staub aus den Hosenaufschlägen und anderen Teilen der

Kleidung. Das Labor in Houston meldete später, daß Staub und Schmutzteilchen negativ waren, in dem Sinne jedenfalls, daß keine Beziehung zu einer bestimmten Gegend hergestellt werden konnte.
Inzwischen war der Buick ebenfalls gründlich untersucht worden. An der Außenseite fanden sich massenhaft Fingerabdrücke der Bewohner von Leeman, die in morbider Neugier den Toten angestarrt hatten, der auf dem Lenkrad lag. Die Nummernschilder stammten aus Mississippi, und eine Anfrage bei der Zulassungsstelle ergab, daß sie für ein Mercury Kabriolett ausgegeben worden waren, das bei einem Frontalzusammenstoß total zerstört worden war. Die Motornummer und die Seriennummer des Wagens wurden in der Zentralkartei überprüft. Es stellte sich heraus, daß der Buick in Chapel Hill in North Carolina gestohlen worden war. Die Versicherungsgesellschaft, die den Schaden bereits ersetzt hatte, legte großen Wert darauf, den gestohlenen Wagen zu übernehmen.
Es wurden Aufnahmen von Mr. X nach Chapel Hill in North Carolina und an viele andere Orte in Mississippi geschickt, aber ohne Erfolg. Inzwischen waren bei einer sorgfältigen Überprüfung des Wagens sechs Fingerabdrücke gefunden worden, alle verschieden. Zwei von ihnen konnten identifiziert werden. Der eine fand sich in der Fingerabdruckkartei der Armee. Der fragliche Mann arbeitete an einer Tankstelle in Lake Charles in Louisiana. Er verbrachte zwei unangenehme Stunden, bis ein fröhlicher Polizist sich von ihm zeigen ließ, wie er die Vordersitze eines Wagens reinigte. Ex-Sergeant Golden stützte sich mit der linken Hand gegen das Armaturenbrett, fast genau an der Stelle, wo man den Abdruck gefunden hatte. Dann zeigte man ihm ein Bild von Mr. X. Aber er konnte nicht sagen, ob er den Mann je gesehen hatte oder nicht. Aber der Abdruck war offensichtlich ziemlich frisch, und deshalb gelangte man zu der Annahme, daß die Gangster von Osten nach Texas gekommen waren.
Der zweite identifizierte Fingerabdruck war alt. Er war an den unteren Verstrebungen des ausgebauten Vordersitzes

gefunden worden. Er gehörte einem Automechaniker in Chapel Hill, der früher einmal eine kleine Meinungsverschiedenheit mit der Polizei gehabt hatte. Aber mit den Auftragszetteln der Werkstatt konnte er beweisen, daß er diesen Vordersitz, der sich verklemmt hatte, im April repariert hatte.

Die Schmutzproben, die unter den Kotflügeln und am Fahrgestell entnommen worden waren, ergaben nichts. Der Schmutz stammte tief aus dem Inneren von Texas, wie sich spektroskopisch beweisen ließ.

Man nahm an, daß der Wagen auf der Fahrt in ein schweres Unwetter geraten war, was durch ältere Wetterberichte bestätigt wurde.

Die Stummel im Aschenbecher des Wagens zeigen, daß entweder zwei Frauen oder eine Frau mit zwei Arten von Lippenstiften kürzlich in dem Wagen geraucht hatten. Die Tönungen beider Lippenstifte hätten zu einer gutaussehenden Blondine passen können, und beide Sorten waren in fast jedem größeren Warenhaus erhältlich.

Auf der Bodenmatte fand sich ein Stück Vollkornbrot, aber damit konnte selbst Sternweister nichts anfangen, obwohl das Labor berichtete, daß das Brot ursprünglich mit Leberwurst belegt gewesen war.

Auch die eisernen Igel, die die Autoreifen durchlöchert hatten, wurden gründlich untersucht. Ein ehemaliger OSS-Offizier berichtete, daß sie ähnliche Dinger im letzten Krieg in Burma auf die Straßen des Feindes gestreut hätten, und nachdem er sich einige Exemplare genau angesehen hatte, behauptete er, die von der OSS benutzten seien besser gewesen. Die Untersuchung der Stahlsorte ergab, daß sie im Großhandel wie auch in vielen Einzelhandlungen in jeder Menge erhältlich war.

Die Rechnungsprüfer stellten nach einer genauen Überprüfung der Geschäftsbücher der Bank fest, daß ein Betrag in Höhe von genau 94725 Dollar fehlte. Sie empfahlen, den auf Stanley Woods' Konto verbliebenen Rest von 982,80 Dollar zu beschlagnahmen, wodurch sich der Verlust auf 93742,20 Dollar verminderte.

Alle Leute, die nur etwas von den Gangstern gesehen hatten, wurden verhört. Sternweister staunte über die Schwierigkeit, die sich schon bei der Frage ergab, wie viele es eigentlich gewesen waren.
Woods, das blonde Mädchen und ihr Begleiter standen fest. Dann noch die beiden mit den Koffern, darin stimmten alle überein. Insgesamt also fünf.
Die große Frage war, ob in jedem Wagen ein Fahrer gesessen hatte. Einige sagten nein, der letzte Wagen sei leer gewesen. Willows widersprach wütend, an jedem Lenkrad hätte ein Fahrer gesessen. So kam Sternweister endlich zur Gesamtzahl acht, von denen sieben entkommen waren.
Niemand hatte sich ein Kennzeichen aufgeschrieben. Aber alle waren sich einig, daß es sich bei den beiden anderen Wagen entweder um zweitürige oder viertürige Limousinen in dunkelblauer, schwarzer, grüner oder kastanienbrauner Farbe handelte, und daß die Marke entweder Buick, Nash, Oldsmobile, Chrysler, Pontiac oder Packard war – oder vielleicht auch Hudson. Eine einzelne Frau versteifte sich auf ein Cadillac Kabriolett. Auf jeden, der ein Kennzeichen aus Mississippi gesehen haben wollte, kam ein anderer, der auf Louisiana, Texas, Alabama, New Mexico oder Oklahoma bestand. Eine alte Dame meinte, wenn sie ein Kennzeichen aus Kalifornien sieht, dann erkennt sie es.
Am Samstag morgen, neun Tage nach dem Überfall, ging Randolph Sternweister in seinem Hotelzimmer auf und ab, das er mit dem zweiten Mann aus Washington teilte, einem gewissen Buckley Weed. Weed las die Durchschläge der Zeugenaussagen, in der schwachen Hoffnung, er könnte etwas finden, was nicht genügend beachtet worden war. Obwohl Weed schlank, ein bißchen gebeugt und erst einunddreißig war, hatte er durch Osmose die meisten der Eigenheiten seines Vorgesetzten angenommen. Sternweister hatte das bemerkt und war seit längerer Zeit nahe daran, darüber mit ihm zu sprechen. Als Weed Sternweisters Gewohnheit nachahmte, eine Zigarette am kürzest möglichen Stummel der vorhergehenden anzuzünden, nahm jeder Raum, in dem sich die beiden länger aufhielten, das Ausse-

hen und den Geruch eines Versammlungssaals nach einem Veteranentreffen an.
»Nichts«, sagte Sternweister. »Gar nichts haben wir in dieser verdammten Sache herausgebracht!«
»Gar nichts«, bestätigte Weed.
»Das FBI hat Fälle gelöst, bei denen sie nichts hatten als nur ein menschliches Haar oder ein Milligramm Staub. Mein Gott, wir haben ein ganzes Auto, das fast zwei Tonnen wiegt, und eine ganze Leiche! Die oben werden denken, daß wir hier Kälber fangen. Wissen Sie was?«
»Was denn, Ran?«
»Ich glaube, das war eine Bande von Amateuren. Es sollte ein Gesetz geben, das die Verübung von Verbrechen auf Professionelle beschränkt. Eine Bande von schlauen Amateuren. Und Sie können sich darauf verlassen, mein Junge, daß sie den Raub, ihr Versteck und alles genau vorbereitet haben, bevor sie die Stahlkammer ausräumten. Und jetzt sitzen sieben friedliche Bürger irgendwo in einer friedlichen Gemeinde und verhalten sich mit ihren vierundneunzig Tausendern ganz still. Früher sind die Leute noch nicht so viel herumgefahren. Seit dem Krieg reisen sie im ganzen Land umher. Deshalb fallen Fremde überhaupt nicht mehr auf. Haben Sie in den Zeugenaussagen etwas gefunden?«
»Nichts.«
»Dann hören Sie auf, mit dem Papier zu rascheln. Dabei kann ich nicht denken. Seit Donnerstag vergangener Woche wurden im Süden und Südwesten einundfünfzig gestohlene Autos aufgefunden. Und wir wissen nicht, welche von ihnen, wenn überhaupt, von dieser Bande benutzt wurden. Wir wissen noch nicht einmal, auf welchem Weg sie verschwunden sind. Es ist unglaublich, aber niemand hat sie gesehen!«
Die beiden Kriminalisten starrten sich verbissen an. Währenddessen schlenderte ein vierzehnjähriger Junge mit Namen Pink Dee unauffällig im Schatten hinter Louies Garage (Abschleppdienst, ganztägig geöffnet) vorbei. Pink hatte als das häßlichste Baby und das reizloseste Kind in ganz Leeman gegolten, und jetzt war er auf dem besten Weg, sich zu

einem grimmigen Scherz über die ganze menschliche Rasse zu entwickeln. Als Kind hatte er eine milchblaue Haut, kalkweißes Haar, kleine rötliche Augen, Knochen wie Pfeifenreiniger, eine niedrige Stirn, kein Kinn, Biberzähne, eine Stimme wie eine ungeölte Türangel gehabt, aber wie immer hatte die Natur für einen Ausgleich gesorgt. Seine Reaktionszeit war erstaunlich. Viele der kräftigeren und normaler entwickelten Kinder hatten entdecken müssen, daß er zuschlagen konnte, bevor sie Zeit hatten, den Mund aufzumachen. Der Schlag kam von einer großen knochigen Faust an einem langen dünnen Arm, und er schleuderte sie wie einen Sack mit Steinen an einem Seil. Die zweite wichtige Eigenschaft von Pink Dee wurde entdeckt, als die Schule in Leeman begann, Intelligenzquotienten festzustellen. Der von Pink lag höher, als man allgemein zugeben wollte, denn es war nicht einzusehen, daß Homer Dees Sohn das einzige Genie in Leeman sein sollte. Pink hatte begriffen, und als er zum zweitenmal geprüft wurde, rutschte er in die Klasse für Vollidioten. Beim dritten Mal hatte er neunundneunzig, und damit schienen alle glücklich zu sein.

Mit vierzehn war Pink einsachtzig groß und wog hundertzwanzig Pfund. Er betrachtete die Welt durch dicke Brillengläser und beschäftigte sich im Hinterzimmer der Wohnung in der Fountain Street mit geheimnisvollen Apparaten, die er teils selbst gebaut und teils gekauft hatte. Dort untersuchte er bestimmte elektrische und magnetische Erscheinungen, weil es ihm langweilig geworden war, Radios zu bauen, und führte eine lebhafte Korrespondenz über Quantentheorie mit einem Professor der Technischen Hochschule, der glaubte, mit einem wesentlich älteren Partner zu korrespondieren.

In seinem Khakianzug, der Uniform von Texas, schlich Pink durch den Schatten, steckte den Schlüssel, den er gestohlen hatte, in das Türschloß des Buick und anschließend in das Zündschloß. Er drehte ihn so weit nach links, daß der Strom eingeschaltet wurde, dann stellte er das Autoradio an. Als es warm geworden war, drückte er die Senderwähltasten und notierte sich die Stellungen auf der Skala. Als er die Stellungen hatte, drehte er auf den Ortssender WLEE, um die Genauigkeit der Skala zu prüfen. Mit dröhnender Lautstärke brachte WLEE eine Landfunksendung, und darauf erschien Louie und zerrte Pink an seinem dünnen Hals aus dem Wagen.

»Was soll das?« fragte Louie.

Pink fiel keine passende Ausrede ein, deshalb riß er sich los und lief weg.

Pinks nächstes Ziel war der Sender WLEE, wo man ihn gut kannte. Er fand das Handbuch, das er suchte, und verbrachte die nächsten zwanzig Minuten damit, es durchzublättern.

Hod Abrams und Lefty Quinn, die sich von Sternweister und Weed viel Spott hatten gefallenlassen müssen, waren nicht in der Stimmung für den Annäherungsversuch, den Pink Dee machte.

»Ich will jemand vom FBI sprechen«, sagte Pink mit fester Stimme. Die Wirkung wurde allerdings etwas durch die Tatsache beeinträchtigt, daß er gerade erst den Stimmbruch hinter sich hatte, so daß die letzte Silbe mit einem hohen Quieken herauskam.

»Er will was«, sagte Hod zu Lefty.

»Verschwinde, Pink«, knurrte Lefty, »bevor ich dir deine Brille zertrampele.«

»Ich bin ein Bürger, der ein Mitglied einer Bundesbehörde zu sprechen wünscht«, sagte Pink mit Würde.

»Bürger vielleicht, aber kein Steuerzahler. Mach keinen Ärger, Junge, sonst ziehe ich dir die Hosen stramm, gleich hier an Ort und Stelle.«

Vielleicht war die Kränkung schuld. Pink rannte zur Treppe, die von der Halle nach oben führte. Hod lief brüllend hinter ihm her die Treppe hinauf, und Lefty nahm den Aufzug. Sie schnappten ihn gleichzeitig vor Sternweisters Zimmer. Aber es war nicht einfach. Pink wehrte sich und schlug um sich wie eine Picknickgesellschaft, die in einen Wespenschwarm geraten ist. Die Tür des Hotelzimmers öffnete sich, und Sternweister und Weed starrten verwundert auf die Szene.

»Nur ... ein frecher ... Bengel«, keuchte Hod Abrams.

»Ich weiß, wo die Gangster sind!« kreischte Pink.
»Er ist verrückt«, rief Lefty.
»Einen Augenblick«, sagte Randolph Sternweister mit scharfer Stimme. Sie kämpften nicht mehr mit Pink, aber sie hielten ihn immer noch fest. »Ich gebe zu, er sieht aus, als ob er nicht allein nach Haus finden würde, aber man kann nie wissen. Sie beide warten hier draußen. Komm rein, junger Mann.«
Pink schritt aufrecht ins Zimmer, wählte den bequemsten Sessel, ließ sich hineinsinken und sah sehr zufrieden aus.
»Wo sind die Gangster?«
»Nun, ich weiß nicht genau –«
»Raus!« sagte Weed und zeigte mit dem Daumen auf die Tür.
»Aber ich weiß, wie man sie finden kann.«
»Aha, du weißt, wie man sie finden kann? Nur weiter. Ich habe seit neun Tagen nicht mehr gelacht«, sagte Sternweister.
»Also, ich mußte erst ein paar Dinge nachprüfen«, erklärte Pink mit überlegener Miene. »Ich habe den Schlüssel vom Buick gestohlen und im Wagen einen Test gemacht.«
»Der Wagen ist von Fachleuten gründlich untersucht worden, mein Junge.«
»Bitte, unterbrechen Sie mich nicht, Sir. Und reden Sie nicht so mit mir. Denn wenn sich herausstellt, daß ich etwas habe, und ich weiß, daß ich etwas habe, stehen Sie ziemlich dumm da.«
Sternweister wurde erst rot und dann blaß. Seine Finger klammerten sich an die Tischkante. »Weiter«, sagte er mit dumpfer Stimme.
»Ich gehe von der Annahme aus, daß die Bankräuber irgendwo aus einem Versteck kamen und nach dem Raub in dieses Versteck zurückkehrten. Weiter nehme ich an, daß sie längere Zeit in dem Versteck gelebt haben. Die ganze Zeit, während sie den Überfall planten.«
Weed und Sternweister sahen sich an. »Weiter.«
»Diese beiden Annahmen könnten sich als schwache Stellen in meinem Plan erweisen, aber wenigstens ergibt sich eine

mögliche Linie für die Nachforschungen. Ich weiß, daß der Wagen in Chapel Hill gestohlen wurde. Das stand in der Zeitung. Und ich weiß, daß sich der tote Mann in Chicago aufgehalten hat. Deshalb habe ich Chicago und Chapel Hill vor kurzem überprüft!«

»Wieso überprüft?«

»Die Radiosender natürlich. An den modernen Autoradios lassen sich die Drucktasten ganz leicht auf bestimmte Sender einstellen. Die augenblickliche Einstellung der Tasten paßt weder zu Chicago noch zu Chapel Hill. An dem Gerät im Buick können sechs Sender fest eingestellt werden, und ...«

Sternweister ließ sich auf die Couch fallen, als ob ihm jemand einen Stoß in die Kniekehlen gegeben hätte. »Ach!« sagte er.

Pink fuhr mit ruhiger Stimme fort. »Sie brauchen also nur die Sender in den verschiedenen Gegenden mit der Einstellung der Stationstasten zu vergleichen, bis Sie eine Gegend finden, wo alle sechs eingestellten Frequenzen von Radiosendern in der unmittelbaren Nachbarschaft benützt werden. Es gehört natürlich ein bißchen Statistik dazu, auch eine gute Landkarte, und ein paar Stecknadeln würden die Arbeit sicher erleichtern. Dann, wenn die Gegend gefunden ist, würde ich mit dem Buick hinfahren. Und dann kann man dort die Empfangsbedingungen überprüfen und damit das Gebiet auf eine oder zwei Meilen eingrenzen. Dann braucht man nur noch das Bild von dem toten Gangster in Bars und Geschäften herumzuzeigen ...«

Und das war der Grund, daß am folgenden Mittwoch ein neugespritzter Buick mit neuen Nummernschildern und zwei Agenten des FBI durch die kleinen Orte in der Nähe von Tampa an der Küste von Westflorida fuhr. Und dabei stellten die Männer fest, daß das Autoradio in dem neugespritzten Buick die Sender von Tampa, Clearwater, St. Petersburg, Orlando, Winter Haven und Dunedin nach Druck auf die entsprechende Taste mit immer größerer Lautstärke brachte, je näher sie einem kleinen Ort mit Namen Tarpon

Springs kamen. Am Donnerstag morgen um vier tauchten tragbare Scheinwerfer drei Strandhäuser in grelles weißes Licht, und aus einem Lautsprecher klang eine metallene Stimme: »Sie sind umstellt. Kommen Sie mit erhobenen Händen heraus. Sie sind umstellt.«
Die Schüsse, die ein paar Sekunden später aufbellten, klangen dünn bei dem mächtigen Rauschen des Golfs von Mexiko. Stanley Wood, oder wie das blonde Mädchen später erklärte, Grebbs Fainstock, starb durch einen Kopfschuß; eine fast poetische Gerechtigkeit. Und damit war der Widerstand gebrochen.
Pink Dee in Leeman bekam vom Präsidenten der Leeman National Bank einen Umschlag mit der Belohnung. Sie betrug etwas weniger als sechs Prozent der wiederbeschafften Beute, und damit war der akademische Grad an der Technischen Hochschule zu einem späteren Zeitpunkt gesichert.
Im Dezember kauften die Sternweisters einen neuen Wagen. Als Claire unbedingt wissen wollte, warum ihr Mann darauf bestand, einen Wagen ohne Autoradio zu kaufen, antwortete er mit einem hohlen Lachen.
Seitdem ist sie fest überzeugt, daß er zuviel arbeitet.

Aus dem Amerikanischen

Dorothy L. Sayers: Das Drachenhaupt

»Onkel Peter!«

»Einen kleinen Moment, Gherkins. – Nein, Mr. Ffolliott, ich glaube, ich nehme den Catull nicht. Dreizehn Pfund – das Titelblatt und der letzte Bogen fehlen – nein, das scheint mir doch ein bißchen happig, wie? Aber den Vitruv und das Satyricon können Sie mir schicken, wenn Sie es hereinbekommen; ich würde gerne einmal hineinsehen. – Na, mein Junge, was gibt es denn?«

»Komm doch schnell mal her, Onkel Peter, und guck dir diese Bilder an. Das ist bestimmt ein ganz altes Buch.«

Seufzend entschloß sich Peter Wimsey, den etwas düsteren Lagerraum Mr. Ffolliotts, der vollgestopft war mit Strandgut aus so mancher Bibliothek, zu verlassen.

Höchst unerwartet waren in dem wohlrenommierten Internat von Mr. Baltridges die Masern ausgebrochen, und da zudem der Herzog und die Herzogin von Denver sich auf Reisen befanden, sah Seine Lordschaft sich plötzlich mit seinem zehnjährigen Neffen zusammengespannt, dem Viscount St. George, üblicherweise Jerry, Jerrykins oder Gherkins gerufen. Lord Peter war nicht, was man einen geborenen Onkel nennt, der zum Entzücken alter Kinderfrauen »eine reizende Art mit Kindern« hat. Doch erfreute er sich eines gewissen Wohlwollens, weil er Kinder mit derselben peinlich beachteten Höflichkeit behandelte wie ihre Eltern.

So zeigte er sich auch jetzt durchaus willig, Gherkins' Entdeckung mit allem Respekt anzuerkennen, obwohl einem Kind kaum ein sicherer Geschmack zuzutrauen war.

Vermutlich war es ein Buch mit schlecht ausgeführten Stichen oder gar mit minderwertigen Klischees; etwas anderes war auf dem »billigen Bord«, dem Straßenstaub ausgesetzt, nicht zu erwarten.

»Onkel! Hier ist ein ganz komischer Mensch abgebildet, mit einer riesig langen Nase, großen Ohren und einem Schwanz; dazu hat er am ganzen Leib lauter Hundeköpfe. *Monstrum hoc Cracoviae* – das ist ein Ungeheuer, nicht wahr? Was heißt *Cracoviae,* Onkel Peter?«

»Oh«, sagte Lord Peter, sichtlich erleichtert, »das Ungeheuer von Krakau?« Eine Abbildung dieser abscheulichen Mißgeburt ließ auf ein beträchtliches Alter schließen.

»Laß einmal sehen. Richtig, es ist wirklich ein sehr altes Buch – *Münsters Cosmographia Universalis.* Freut mich, Gherkins, daß du merkst, was etwas taugt. Aber was tut die *Cosmographia* hier draußen unter den Fünf-Shilling-Bänden, Mr. Ffolliott?«

»Ach, Mylord«, sagte der Buchhändler, der zu seinen Kunden an die Tür getreten war, »Sie sehen ja, das Buch ist in einem miserablen Zustand. Der Einband ist lose und die doppelseitigen Karten fehlen zum Teil. Es kam vor ein paar Wochen herein, mit einer großen Bibliothek, die wir von einem Herrn in Norfolk erworben haben – Sie finden seinen Namen darin –, Dr. Conyers von Yelsall Manor. Wir könnten es natürlich behalten und ergänzen, falls wir ein zweites Exemplar auftreiben. Aber es paßt nicht in unseren Rahmen. Sie wissen, wir befassen uns eigentlich nur mit klassischen Autoren. Deshalb haben wir es hier ausgelegt, mag es eben bringen, was es im Status quo wert ist.«

»Sieh mal«, unterbrach Gherkins. »Hier ist ein Bild von einem Mann, der in kleine Stücke zerhackt wird. Was steht darunter?«

»Ich dachte, du könntest Latein?«

»Ja; aber es wimmelt da von lauter kleinen Schürhaken. Was bedeuten die?«

»Das sind Abkürzungen«, erklärte Lord Peter geduldig. »*Solent quoque hujus insulae cultores* – es ist Sitte bei den Bewohnern dieser Insel, daß sie ihre Eltern, wenn diese alt geworden und zu nichts mehr nütze sind, auf den Markt bringen und an die Kannibalen verkaufen, die sie dann töten

und verzehren. Ebenso verfahren sie mit jüngeren Leuten, wenn diese von einer unheilbaren Krankheit befallen sind.«
»Haha«, lachte Mr. Ffolliott. »Ein schlechter Handel für die armen Kannibalen. Die bekamen scheints nur zähes oder unbekömmliches Fleisch, wie?«
»Ja, offenbar kannten diese Inselbewohner sich schon in modernen Geschäftsmethoden aus«, stimmte Seine Lordschaft zu.
Der Viscount war überwältigt.
»Mir gefällt das Buch«, erklärte er. »Kann ich es mir von meinem Taschengeld kaufen?«
»Wieder ein Problem für einen Onkel«, dachte Lord Peter und überflog in Gedanken die Illustrationen der *Cosmographia,* ob nichts Anstößiges darunter sei; er wußte, die Herzogin war prüde. Er konnte sich nur an eine etwas bedenkliche erinnern, aber warum sollte die Herzogin gerade auf sie stoßen!
»Nun, Gherkins«, entschied er, »ich an deiner Stelle würde mir das Buch gern anschaffen. Es ist zwar, wie Mr. Ffolliott offen zugibt, in einem schlechten Zustand. Andernfalls wäre es natürlich unerschwinglich. Trotzdem ist es, abgesehen von den fehlenden Blättern, ein hübsches, sauberes Exemplar – gut und gern seine fünf Shilling wert, wenn du dir eine Sammlung anlegen willst.«
Bis dahin hatten dem Viscount sichtlich die Kannibalen tieferen Eindruck gemacht als das Buch selber; nun aber wirkte die Vorstellung, daß er in der nächsten Klasse als Sammler alter Ausgaben auftreten könnte, ungeheuer verlockend.
»Von den anderen Jungens sammelt keiner Bücher«, sagte er, »die meisten sammeln Briefmarken. Aber das ist eigentlich doch primitiv, findest du nicht, Onkel Peter? Ich wollte es sowieso aufgeben. Mr. Porter, bei dem wir Geschichte haben, besitzt eine Menge solcher Bücher wie du, und er ist auch großartig im Fußball.«
Lord Peter wußte diese Anspielung auf Mr. Porter vollauf zu würdigen und erklärte, daß auch seiner Meinung nach

Büchersammeln eine durchaus männliche Liebhaberei sei. »Mädchen geben sich nie damit ab«, sagte er, »weil man allerhand wissen und verstehen muß: Daten, Typographie, technische Einzelheiten, lauter Dinge, die einen männlichen Verstand erfordern. Außerdem«, fügte er hinzu, »ist es ein hochinteressantes Buch, weißt du. Es lohnt sich schon, darin zu lesen.«

»Dann möchte ich es bitte nehmen«, sagte der Viscount und wurde ein bißchen rot ob der Wichtigkeit eines so kostspieligen Handels. Die Herzogin war durchaus nicht für verschwenderische Neigungen kleiner Jungen zu haben und in ihren Zuwendungen recht sparsam.

Mr. Ffolliot verbeugte sich und trug die *Cosmographia* fort, um sie einzupacken.

»Hast du genügend Geld bei dir?« fragte Lord Peter diskret. »Oder kann ich dir aushelfen?«

»Nein danke, Onkel. Ich hab' eine halbe Krone von Tante Mary bekommen und noch vier Shilling von meinem Taschengeld. Wegen der Masern haben wir unser Klassenfest noch nicht gefeiert, und darauf hatte ich gespart.«

Nachdem also der Kauf höchst korrekt abgeschlossen war und der angehende Bibliophile eigenhändig den dicken Wälzer an sich genommen hatte, wurde ein Taxi bestellt, das die *Cosmographia* wohlbehalten durch die Verkehrshindernisse zum Piccadilly 110 a brachte.

»Ja, Bunter, und wer ist Mr. Wilberforce Pope?«

»Ich glaube nicht, daß wir den Herrn kennen, Mylord. Er möchte Eure Lordschaft ein paar Minuten in einer geschäftlichen Angelegenheit sprechen.«

»Wahrscheinlich wünscht er, daß ich seiner ledigen Tante ihren entlaufenen Hund wieder einfange. Das kommt davon, wenn man einmal den Ruf eines Spürhundes genießt! Führen Sie ihn herein. Gherkins, wenn die geschäftliche Angelegenheit dieses Herrn sich jedoch als eine private herausstellt, gehst du besser ins Speisezimmer.«

»Jawohl, Onkel Peter«, erwiderte der Viscount gehorsam. Er lag bäuchlings auf dem Teppich vor dem Kamin in der

Bibliothek und blätterte eifrig in der *Cosmographia* nach den interessantesten Stellen. Dabei benützte er sogar das Monumental-Lexikon, das er bislang als eine Erfindung zu Zwecken höherer Langeweile mißachtet hatte.

Mr. Wilberforce Pope war, wie sich zeigte, ein etwas plumper, aber ganz ansehnlicher Herr Ende der Dreißig, mit einer vorzeitigen Glatze, einer Hornbrille und von gewinnendem Wesen.

»Sie wollen mein Eindringen gütigst entschuldigen«, begann er. »Sicher halten Sie mich für einen lästigen Plagegeist. Aber ich habe Ihren Namen und Ihre Adresse Mr. Ffolliott förmlich abgerungen; er kann nichts dafür. Sie nehmen es mir nicht übel, nicht wahr? Ich habe den armen Mann einfach fertiggemacht. Setzte mich bei ihm auf die Treppe und weigerte mich zu gehen, obwohl der Junge schon die Läden vorlegen wollte. Sie halten mich bestimmt für närrisch, wenn Sie hören, um was es sich handelt. Bloß dürfen Sie den armen Mr. Ffolliott nicht dafür verantwortlich machen, nicht wahr?«

»Ganz und gar nicht«, erwiderte Seine Lordschaft. »Im Gegenteil, ich bin entzückt und so weiter. Kann ich Ihnen einen Rat wegen irgendwelcher Bücher geben? Sie sind vermutlich Sammler? Möchten Sie etwas trinken?«

»Nein«, sagte Mr. Pope mit leisem Kichern. »Nein, Sammler bin ich eigentlich nicht. – Danke vielmals, nur einen Tropfen – wirklich nur einen Tropfen. Danke. Nein –«, sein Blick glitt an den Bücherregalen entlang, auf denen reihenweise kostbare, alte Lederbände standen. »Ich bin zufällig nur ... interessiert, das heißt, rein gefühlsmäßig interessiert an einer Erwerbung, die Sie gestern gemacht haben. Es ist wirklich eine ganz belanglose Sache. Sie werden es albern finden. Aber ich erfuhr, daß Sie der derzeitige Besitzer eines Exemplars von Münsters *Cosmographia* sind, das meinem Onkel, Dr. Conyers, gehörte.«

Gherkins blickte plötzlich auf, da er begriff, daß die Unterhaltung ihn anging.

»Das stimmt nicht ganz«, sagte Wimsey. »Ich bin zwar dabei gewesen, aber der eigentliche Erwerber ist mein Neffe. Gerald, Mr. Pope interessiert sich für deine *Cosmographia.* Mein Neffe, Lord St. George.«

»Guten Tag, junger Mann«, redete Mr. Pope ihn leutselig an. »Ich merke, der Sammlergeist ist in der Familie verbreitet. Auch wohl ein großer Lateiner, wie? Wird uns gleich mal jusjurandum vordeklinieren? Haha! Was wollen Sie denn einmal werden, wenn Sie groß sind? Vielleicht Lordkanzler, wie? Na, ich wette, Sie werden lieber Lokomotivführer, was?«

»Nein danke«, sagte der Viscount kühl.

»Was? Nicht Lokomotivführer! Nun, im Augenblick kommt es mir auch nur darauf an, daß Sie ein tüchtiger Geschäftsmann sind. Um einen Bücherhandel mit mir zu tätigen, wissen Sie. Ihr Onkel wird gleich sehen, daß ich Ihnen einen anständigen Preis biete. Haha! Ihr Bilderbuch hat nämlich für mich einen höheren Wert als für sonst jemanden. Es war meine ganze Wonne, als ich noch so ein kleiner Junge war wie Sie. Jeden Sonntag hab' ich es angeschaut. Ach, was für glückliche Stunden hab' ich darüber zugebracht! Diese feinen, alten Karten mit den Schiffen und Salamandern – und ›Hic Dracones‹. Sie wissen doch, was das heißt? Na, was heißt es denn?«

»Hier sind Drachen«, antwortete der Viscount unwillig, aber noch höflich.

»Richtig! Ich wußte doch, daß Sie ein Gelehrter sind.«

»Es ist ein sehr hübsches Buch«, bemerkte Lord Peter. »Meinem Neffen hat es besonders das Ungeheuer von Krakau angetan.«

»Ja, nicht wahr? – ein großartiges Ungeheuer«, stimmte Mr. Pope begeistert zu. »Wie oft hab' ich mir eingebildet, ich wäre selber ein Ritter Lanzelot oder irgend so einer auf weißem Kampfroß und ginge mit eingelegter Lanze auf das Ungetüm los, während die gefangene Prinzessin mir zujubelte. Ja, ja, die Kindheit! Das ist jetzt die glücklichste Zeit Ihres Lebens, junger Mann! Sie wollen es mir nicht glauben, aber wahr ist es doch.«

»Und was wünschen Sie nun, genauer gesagt, von meinem Neffen?« fragte Lord Peter etwas scharf.

»Ganz recht, ganz recht! Also wie Sie wissen, hat mein Onkel, Dr. Conyers, seine Bibliothek vor ein paar Monaten verkauft. Ich war damals im Ausland und erfuhr erst gestern, als ich ihn in Yelsall besuchte, daß das liebe alte Buch mitgegangen ist. Ich kann Ihnen gar nicht sagen, wie verzweifelt ich war. Viel wert ist es nicht, ich weiß, es fehlen ja eine Menge Seiten – aber es ist mir ein unerträglicher Gedanke, daß es fort sein soll. Also wie ich schon sagte, rein aus Gefühlsgründen rannte ich sofort zu Ffolliott und wollte es zurückkaufen. Ich war untröstlich, daß ich zu spät kam, und ließ dem armen Mann keine Ruhe, bis er mir den Namen des Käufers verriet. Da bin ich nun, Lord St. George, um Ihnen einen Vorschlag zu machen. Ich biete Ihnen das Doppelte von dem, was Sie bezahlt haben. Ein gutes Angebot, nicht wahr, Lord Peter? Haha! Und dabei tun Sie mir noch einen ganz großen Gefallen.«
Der Viscount sah ziemlich niedergeschlagen aus und blickte hilfesuchend seinen Onkel an.
»Ja, weißt du, Gerald«, sagte Lord Peter, »das ist deine Sache. Was meinst du dazu?«
Der Viscount trat von einem Fuß auf den andern. Offenbar war die Karriere eines Sammlers, wie so manche andere, nicht ohne Schwierigkeiten.
»Bitte, Onkel Peter«, fragte er verlegen, »darf ich flüstern?«
»Flüstern schickt sich nicht, Gherkins; aber du kannst Mr. Pope um Bedenkzeit bitten, damit du dir sein Angebot überlegst. Oder, wenn dir das lieber ist, kannst du auch mich vorher um Rat fragen. Das wäre korrekt.«
»Dann möchte ich, wenn Sie gestatten, Mr. Pope, zuerst meinen Onkel um Rat fragen.«
»Natürlich, natürlich, haha!« lachte Mr. Pope. »Sehr gescheit sogar, erst einen erfahrenen Sachverständigen zu hören. Ja, die junge Generation, was, Lord Peter! Sind schon regelrechte kleine Kaufleute!«
»Entschuldigen Sie uns also einen Augenblick«, sagte Lord Peter und zog seinen Neffen ins Speisezimmer.
»Du, Onkel Peter«, stieß der Sammler atemlos hervor, als

die Tür geschlossen war, »muß ich ihm mein Buch geben? Ich finde, er ist gar kein netter Mann. Ich kann Leute, die einen gleich Substantive deklinieren lassen, nicht ausstehen.«

»Natürlich mußt du es nicht hergeben, Gherkins, wenn du nicht willst. Es ist dein Buch, und du hast den Anspruch darauf.«

»Was würdest du tun, Onkel?«

Ehe Lord Peter antwortete, schlich er unversehens auf Zehenspitzen an die Tür, die zur Bibliothek führte, und riß sie auf – peinlich genug für Mr. Pope, der sich ertappt sah, wie er, auf dem Kaminteppich kniend, eifrig in dem begehrten Buch blätterte, das noch da lag, wo sein Eigentümer es zurückgelassen hatte. Er sprang verwirrt auf.

»Bedienen Sie sich ruhig selbst, nicht wahr, Mr. Pope?« rief Lord Peter liebenswürdig und machte die Tür wieder zu.

»Was ist jetzt, Onkel Peter?«

»Wenn ich dir raten soll, Gherkins, so wäre ich für größte Vorsicht, ehe du dich mit Mr. Pope auf irgend etwas einläßt. Ich glaube ihm kein Wort. Von den Holzschnitten redet er als Stichen – das kann natürlich auch Dummheit sein. Jedenfalls stimmt es nicht, daß er als Kind jeden Sonntag die Karten studiert und die Drachen darauf entdeckt haben will. Der alte Münster hat nämlich, wie du vielleicht bemerkt hast, nur ganz vereinzelte Drachen in seine Karten eingezeichnet. Es sind ganz nüchterne Karten, ein bißchen komisch für unsere geographischen Begriffe, aber durchaus sachlich. Deshalb erwähnte ich das Ungeheuer von Krakau, und siehe da, er hielt es für irgendeinen Drachen!«

»Nein, sowas, Onkel! Dann hast du das mit Absicht gesagt?«

»Wenn Mr. Pope die *Cosmographia* haben will, so bestimmt aus einem anderen Grund, als er uns sagt. Deshalb würde ich, wenn es mein Buch wäre, mir Zeit lassen, ehe ich es hergäbe. Verstehst du?«

»Meinst du, das Buch hat vielleicht einen ungeheuren Wert, den wir nicht kennen?«

»Möglich.«

»Wie aufregend! Gerade wie eine Geschichte aus dem ›Knabenjahrbuch‹. Was soll ich ihm jetzt sagen, Onkel?«

»Ich an deiner Stelle würde ihm sagen – ganz ohne Aufregung –, du hättest dir die Sache überlegt, und da du nun einmal eine Vorliebe hättest für das Buch, seiest du entschlossen, es nicht zu verkaufen. Natürlich dankst du ihm für sein Angebot.«

»Ja ... würdest du es nicht für mich sagen, Onkel?«

»Ich glaube, es macht sich besser, wenn du es selbst sagst.«

»Ja, vielleicht. Wird er böse werden?«

»Möglich«, sagte Lord Peter, »aber wenn schon, er wird sich's nicht anmerken lassen.«

Das Beratungskomitee kehrte einträchtig in die Bibliothek zurück. Mr. Pope hatte sich wohlweislich von dem Kaminteppich zurückgezogen und betrachtete aus einiger Entfernung die Bücherborde.

»Ich danke Ihnen vielmals für Ihr Angebot, Mr. Pope«, sagte der Viscount, indem er resolut vor ihn hintrat, »aber ich hab' es mir überlegt, und ich habe eine ... eine Vorliebe für das Buch und möchte es nicht verkaufen.«

»Es tut mir furchtbar leid und so weiter«, schaltete sich Lord Peter ein. »Aber mein Neffe ist eisern entschlossen. Nein, es geht nicht um den Preis, er will eben das Buch behalten. Ich würde Ihnen gerne helfen, aber es liegt nicht bei mir. Wünschen Sie noch etwas zu trinken, ehe Sie gehen? Wirklich nicht? Dann läute Bunter, Gherkins. Mein Diener bringt Sie zum Lift. Guten Abend.«

Als der Besucher gegangen war, kam Lord Peter zurück und hob nachdenklich das Buch vom Boden auf.

»Wir waren furchtbare Idioten, Gherkins, daß wir ihn auch nur einen Augenblick damit allein ließen. Zum Glück hat er noch keinen Schaden angerichtet.«

»Meinst du nicht, Onkel, er hätte vielleicht schon irgend etwas darin entdeckt, solange wir beide draußen waren?« stieß Gherkins mit weitaufgerissenen Augen hervor.

»Sicher nicht.«

»Warum?«

»Auf dem Weg zur Tür bot er mir fünfzig Pfund dafür. Damit hat er sich verraten. Hm. Bunter!«
»Mylord?«
»Legen Sie dieses Buch in den Safe und bringen Sie mir dann die Schlüssel. Und schalten Sie, wenn Sie abends abschließen, die Alarmglocken ein.«
»Oooh – –!« sagte Gherkins.
Am dritten Morgen nach dem Besuch von Mr. Wilberforce Pope saß der Viscount im Zimmer seines Onkels ziemlich spät beim Frühstück. Er war noch zu aufgeregt, um die gebackenen Nieren zu verzehren, die Bunter ihm, trotz eines blauen und immer mehr anschwellenden Auges, untadelig wie stets servierte. Gherkins hatte die ruhmreichste Nacht hinter sich, die je ein kleiner Junge mit Hochgefühl erlebt hat.
twa gegen zwei Uhr morgens war er, nach einem allzu üppigen Nachtmahl mit anschließendem Theaterbesuch im Halbschlaf liegend, von einem leisen Geräusch aufgeschreckt, das vom Notausgang herkam. Daraufhin war er aus dem Bett geschlüpft und möglichst lautlos in das Zimmer Lord Peters hinübergeschlichen, um ihn zu wecken. »Onkel Peter«, hatte er gesagt, »ich glaube, am Notausgang sind Einbrecher.« Und Onkel Peter, statt etwa zu sagen: »Unsinn, Gherkins, mach, daß du ins Bett kommst!« hatte sich aufgesetzt, angespannt gelauscht und erwidert: »Himmel, Gherkins, ich glaube, du hast recht.« Dann hatte er ihn nach Bunter geschickt. Und als er, Gherkins, zurückkam, sah er tatsächlich, wie sein Onkel, den er zwar schon immer für einen erstklassigen Mann gehalten hatte, einen automatischen Revolver aus der Schublade nahm, in der seine Taschentücher lagen. Damals geschah es, daß Lord Peter von einem »ganz netten Onkel« zu einem »großartigen Onkel« avancierte. Er sagte: »Paß auf, Gherkins, wir wissen nicht, wieviele Gauner da sind. Du mußt also brav sein und alles tun, was ich sage – aufs Wort gehorchen, selbst wenn ich sage: ›hau ab!‹ Versprichst du mir das?«
Gherkins versprach es mit Herzklopfen, und dann warteten sie im Dunkeln, bis, direkt über dem Kopfende von Lord Pe-

ters Bett, eine kleine elektrische Glocke anschlug und ein grünes Licht aufflammte.
»Das Fenster in der Bibliothek«, stellte Lord Peter fest und schaltete mit einem kleinen Hebel die Glocke aus. »Wenn sie etwas hören, besinnen sie sich vielleicht eines Besseren. Wir wollen ihnen Zeit lassen.«
Sie warteten noch ein paar Minuten und schlichen dann leise über den Gang.
»Gehen Sie durch das Speisezimmer, Bunter«, sagte Seine Lordschaft, »sie könnten auch da hereinkommen.« Dann schloß er, äußerst behutsam, die Tür zur Bibliothek auf und öffnete sie leise. Gherkins bemerkte, wie lautlos sich der Schlüssel im Schloß drehte. Der Lichtkegel einer Taschenlampe glitt langsam an den Bücherborden entlang. Die Einbrecher hatten offenbar von dem Gegenangriff nichts gemerkt; vielmehr schienen sie vollauf von ihrer Arbeit in Anspruch genommen.
Als er sich an das Dämmerlicht gewöhnt hatte, sah Gherkins, daß einer der Männer mit der Taschenlampe leuchtete, während der andere die Bücher herauszog und untersuchte. Es war faszinierend zu beobachten, wie die Hände, scheinbar vom Körper gelöst, im Lichtschein der Lampe an den Bücherregalen entlangglitten.
Die Männer murmelten mißmutig vor sich hin; offenbar machte ihnen die Arbeit schwer zu schaffen. Die Titel waren, wie bei alten Autoren üblich, abgekürzt oder gar nicht auf dem Buchrücken vermerkt. Von Zeit zu Zeit streckte der Mann mit der Taschenlampe seine Hand in den Lichtkegel vor, um einen Zettel, den er angestrengt studierte, mit der Titelseite eines Buches zu vergleichen. Dann wurde der Band wieder zurückgestellt, und die Sucherei begann von neuem.
Plötzlich schrak der auf dem Boden Kniende von einem leisen Geräusch auf – Gherkins hätte schwören können, daß nicht er es verursacht hatte; vielleicht kam es aus dem Speisezimmer von Bunter. »Was ist da?« flüsterte der Mann und wandte ihnen sein erschrecktes Gesicht zu.
»Hände hoch!« rief Lord Peter und drehte das Licht an.

Der zweite Mann war mit einem Satz an der Eßzimmertür, wo er, nach einem Krach und darauffolgendem Fluch zu schließen, auf Bunter stieß. Der Kniende warf seine Hände wie eine Marionette in die Luft.

»Gherkins«, sagte Lord Peter, »kannst du wohl zu dem Herrn am Bücherbord hinübergehen und ihn von dem Ding befreien, das so unelegant seine rechte Rocktasche ausbeult? Warte noch. Du mußt aufpassen, daß du ja nicht in die Schußbahn, zwischen ihm und meinem Revolver, gerätst. Und faß das Ding vorsichtig an, du brauchst dich nicht zu beeilen. So. Großartig. Halt es nach unten, wenn du es mir herüberbringst, ja? Danke. Bunter ist allein fertiggeworden, wie ich merke. Jetzt lauf mal in mein Schlafzimmer, da findest du unten im Schrank eine aufgewickelte starke Schnur. – Oh, Verzeihung; ja, tun Sie Ihre Hände ruhig wieder herunter, es muß sehr anstrengend sein.«

Nachdem den Einbrechern die Hände so geschickt auf den Rücken gebunden waren, daß es, nach Gherkins' Meinung, einem Meisterdetektiv Ehre gemacht hätte, ließ Lord Peter seine Gefangenen sich setzen und schickte Bunter nach Whisky und Soda.

»Ehe wir die Polizei benachrichtigen«, sagte Lord Peter, »könnten Sie mir persönlich einen großen Gefallen tun, wenn Sie mir sagten, was Sie eigentlich gesucht haben und für wen. Ah, danke, Bunter. Da unsere Gäste ihre Hände nicht frei haben, wäre es nett, wenn Sie ihnen beim Trinken behilflich wären. Nun also, erzählen Sie mal.«

»Na, Sie sind aber wirklich ein Gentleman«, sagte der erste Einbrecher, nachdem er sich den Mund an der Schulter abgewischt hatte, da er an seinen Handrücken nicht herankam. »Hätten wir einen Dunst gehabt, was für'n Ding wir da drehen sollten, na danke, da hätten wir schön die Finger davon gelassen. Aber der Kerl sagte zu uns: ›Das nehmt ihr weg wie 'm Säugling 'nen Zuckerstengel. Der Gentleman, das ist ein ganz Sanfter‹, sagte er ›so'n Bücherwurm‹, sagte er, ›und wenn ihr mir das alte Buch da rausholt, dann fallen für euch ein paar Scheine ab.‹ So ein Schwindel! Nix hat er gesagt, daß da fünfhundertausend verdammte alte Bücher stehen

wie ein Regiment verdammter Dragoner. Und nix davon, daß Sie so 'n hübsches kleines Schießeisen neben dem Bett liegen haben. Und auch nich, daß Sie so'n verdammt guten Knoten in 'n Stück Schnur machen können. Von all dem hat er nix gesagt.«
»Das war nicht fein von ihm«, bemerkte Seine Lordschaft. »Wissen Sie zufällig den Namen dieses Herrn?«
»Nee, da war gar nich die Rede davon.Is 'n strammer, hübscher Kerl mit 'ner Hornbrille auf der Nase und mit 'ner Glatze. So 'ne Art Menschenfreund, glaub' ich. Nämlich 'm Freund von mir, der in Schwierigkeiten kam, dem hat er Arbeit verschafft. Und zu dem kommt also der Knabe und sagt: ›Kannst du mir 'n paar Burschen auftreiben für 'n kleines Ding?‹ Und was mein Freund is, der denkt sich ja nix Böses, wissen Sie, der meint, das wär' irgend so 'n Spaß und kriegt mich und meinen Kumpan ran, und wir treffen uns mit dem Herrn in einer Kneipe unten in Whitechapel, wo wir ihn nächsten Freitag wieder treffen sollten. Bis dahin, meint er, könnten wir ihm das Buch besorgen.«
»Das Buch, wenn ich auf gut Glück raten soll, ist die *Cosmographia Universalis?*«
»Irgend sowas, jawoll; 'n Name, bei dem man sich die Zunge abbricht. Hab' ihn mir auf'n Zettel schreiben lassen – was hast du mit dem Wisch gemacht, Bill?«
»Hören Sie mal«, sagte Lord Peter, »so leid mir's tut, aber die Polizei müssen wir benachrichtigen. Aber ich glaube, Sie kommen glimpflich davon, wenn Sie uns helfen, diesen Herrn zu erwischen. Ich vermute stark, er heißt Wilberforce Pope. – Rufen Sie die Polizei an, Bunter, und dann kümmern Sie sich mal um Ihr Auge. Gherkins, jetzt geben wir diesen Herren noch etwas zu trinken und dann wird es Zeit für dich, daß du ins Bett kommst. Das Spiel ist aus. – Noch nicht? Na, dann zieh aber einen warmen Mantel an, komm, sei vernünftig. Was deine Mutter sagen wird, wenn du dir eine Erkältung holst, daran will ich lieber nicht denken.«
Dann war die Polizei gekommen, hatte die Einbrecher abgeführt, und jetzt saß Kriminalinspektor Parker von Scotland Yard, ein guter Freund Onkel Peters, mit ihnen bei einer

Tasse Kaffee und ließ sich die ganze Geschichte erzählen.
»Aber was ist nun eigentlich an diesem alten Buch daran«, fragte er, »warum ist es so wertvoll?«
»Das weiß ich nicht«, erwiderte Wimsey. »Aber nach der Visite von Mr. Pope neulich war ich neugierig und hab' es mir etwas näher angeschaut. Dabei ging mir's schlagartig auf, daß es vielleicht sogar recht wertvoll sein könnte. Ungeahnte Schönheiten und so weiter. Wäre Mr. Pope vorsichtiger zu Werk gegangen, so hätte er etwas davongetragen, worauf er keinen Anspruch hat. Jedenfalls, nachdem ich gesehen hatte, was ich sah, schrieb ich an Dr. Conyers, den letzten Eigentümer –«
»Conyers, der Krebsspezialist?«
»Eben der. Er hat seinerzeit einige nicht unwichtige Entdeckungen gemacht. Schlägt sich halt so durch und wird etwa achtundsiebzig sein, schätze ich. Ich hoffe, er ist anständiger als sein Neffe – so mit einem Fuß im Grabe. Also ich teilte ihm mit – natürlich mit Gherkins' Erlaubnis –, daß wir das Buch besäßen und uns für eine Sache, die wir herausgefunden hätten, besonders interessierten, und ihn deshalb bäten, uns über die Geschichte des Buches zu informieren. Auch – –«
»Aber was haben Sie denn entdeckt?«
»Das verraten wir ihm noch nicht, Gherkins, wie? Die Leute von der Polizei lasse ich gern zappeln. Wie ich gerade sagen wollte, als Sie mich so roh unterbrachen, habe ich ihn auch gefragt, ob ihm bekannt sei, daß sein teurer Neffe das Buch zurückkaufen wollte. Eben kam seine Antwort. Er schreibt, er wisse nichts besonders Interessantes über das Buch; es habe seit undenklichen Zeiten in der Bibliothek gestanden, die fehlenden Karten habe wohl irgendein Vandale aus der Familie einmal herausgerissen. Warum der Neffe so erpicht darauf sei, verstehe er nicht recht; als Kind jedenfalls habe er bestimmt nicht darüber gehockt. Ja, behauptet der alte Herr, seines Wissens habe der reizende Wilberforce Yelsall Manor überhaupt nie betreten. Soviel nur zu dem feuerspeienden Ungeheuer und den schönen Sonntagen – – –«
»Blöder Wilberforce!«

»Hm. Ja. Nach dem Wirbel von heut nacht hab' ich dem alten Herrn telegrafiert, daß wir nach Yelsall Manor hinauskutschieren werden und uns mit ihm einmal ganz freundschaftlich unterhalten möchten über sein Bilderbuch und seinen Neffen.«
»Nehmen Sie das Buch mit?« fragte Parker. »Ich kann Ihnen eine Polizei-Eskorte mitgeben, wenn es Ihnen lieber ist.«
»Keine schlechte Idee«, sagte Wimsey. »Wir haben keine Ahnung, wo der liebenswürdige Mr. Pope sich herumtreibt, aber zutrauen würde ich es ihm durchaus, daß er einen zweiten Versuch macht.«
»Sicher ist sicher«, meinte Parker.
»Selber kann ich nicht mitkommen, aber ich schicke Ihnen ein paar von meinen Leuten.«
»Famos!« sagte Lord Peter. »*Sammle deine Scharen!* – Wir bestellen sofort einen Wagen. Gherkins, du willst ja bestimmt mitgehen. Was würde nur deine Mutter dazu sagen! Werden Sie bloß nie Onkel, Charles; es ist zu schwierig, es allen Beteiligten recht zu machen.«
Yelsall Manor war ein großer Landsitz, vernachlässigt wie so manche dieser Art, die beredt Zeugnis ablegen von einer großzügigeren Zeit, als die unsere ist. Die ursprüngliche Anlage im späten Tudorstil war verunstaltet durch einen Vorbau nach italienischem Muster, einer klassizistischen Säulenvorhalle mit Giebeldach, zu der man über eine halbkreisförmige Treppe gelangte. Der Park mochte einstmals planmäßig mit Gebüschen angelegt sein, die eines dem andern zunickten, eines sich im anderen wiederholten. Ein späterer Eigentümer hatte sich dann zu einer exzentrischen Gartengestaltung verstiegen. Eine chinesische Pagode, ähnlich, wenn auch kleiner als die berühmte in den Gärten von Kent, wuchs auf der Ostseite des Hauses aus einem Gebüsch von Schneeballen empor. Vor dem entgegengesetzten Flügel war ein größerer See künstlich geschaffen, mit etlichen Inseln darin, auf denen bizarre Tempel, Grotten, Teehäuser und Brücken aus einem Gewirr von Sträuchern hervorlugten, die ehemals wohl dekorativ, jetzt aber völlig verwildert

waren. An einer Ecke stand ein Bootshaus mit geschwungener Dachrinne, das an die Bildereien auf altem Willowpattern-Geschirr erinnerte. Der Landesteg war verfallen und von einem trostlosen Dickicht überwuchert.

»Mein unrühmlicher Vorfahre, Cuthbert Conyers, ließ sich hier nieder, als er 1732 die Seefahrt aufgab«, erzählte Dr. Conyers mit mattem Lächeln. »Sein älterer Bruder starb kinderlos, so kehrte das schwarze Schaf heim in die alte Hürde, entschlossen, es zu Ansehen zu bringen und eine Familie zu gründen. Ich fürchte, es ist ihm nicht recht gelungen. Dumme Gerüchte, wie er zu seinem Vermögen gekommen sei, wurden nicht still. Er soll als Seeräuber mit dem berüchtigten Kapitän Blackbeard auf Fahrt gegangen sein. Im Dorf heißt er heute noch Conyers, der Halsabschneider. Der alte Mann geriet darüber in Wut; es gibt eine häßliche Geschichte, daß er einem Diener, der ihn einmal ›Alter Halsabschneider‹ genannt haben soll, beide Ohren abschnitt. Trotzdem war er kein ungebildeter Mann. Diese Gartenanlage hinter dem Haus ist sein Werk; auch die Pagode hat er sich gebaut für sein Teleskop. Er stand im Ruf, sich mit der schwarzen Magie zu befassen, und in seiner Bibliothek fanden sich eine Anzahl astronomischer Bücher, die seinen Namen trugen. Das Teleskop aber war wohl nur eine Erinnerung an seine ehemalige Seefahrerzeit.

Jedenfalls, mit zunehmendem Alter wurde er sonderlich und krankhaft; bekam Streit mit seiner ganzen Familie und warf seinen jüngeren Sohn samt Weib und Kind zum Haus hinaus. Ein unangenehmer alter Bursche.

Als er im Sterben lag, stand ihm der Pfarrer bei, ein braver, ernster, gottesfürchtiger Mann, der ein gut Teil Beleidigungen einstecken mußte, um zu erreichen, was er für seine heilige Pflicht hielt: den alten Mann mit seinem schmählich behandelten Sohn auszusöhnen. Schließlich ließ sich der Alte Halsabschneider dazu erweichen, ein Testament zu machen, in dem er seinem jüngeren Sohn folgendes hinterließ: ›Meinen Schatz, den ich in Münster vergraben habe.‹ Umsonst stellte der Pfarrer ihm vor, daß es sinnlos sei, einen Schatz zu vererben, ohne dem Erben anzugeben, wo dieser zu finden sei. Der gräßliche alte Pirat lachte dazu nur Hohn und erklärte, daß, wenn er sich Mühe gemacht habe, einen Schatz aufzuhäufen, sein Sohn sich wohl die Mühe nehmen könne, danach zu suchen. Zu weiterem war er nicht zu bewegen, starb bald darauf und ist, wie ich fürchte, an einen schlimmen Ort gekommen.

Seither ist die Familie ausgestorben, ich bin der letzte Conyers und Erbe des Schatzes, was und wo er auch sein mag, denn gefunden hat man ihn nie. Sehr ehrenhaft wird er nicht erworben sein, aber da es jetzt ja ganz aussichtslos ist, die ursprünglichen Eigentümer aufzutreiben, so glaube ich, mehr Anrecht darauf zu haben als irgend jemand sonst.

Sie werden es abgeschmackt finden, Lord Peter, daß ein alter, alleinstehender Mann wie ich noch erpicht ist auf einen Piratenhort. Aber ich habe mein ganzes Leben in den Dienst der Erforschung des Krebsleidens gestellt, und ich glaube, wenigstens einen Teil dieses furchtbaren Problems nahezu gelöst zu haben. Forschung kostet Geld; und meine beschränkten Mittel sind fast erschöpft. Mein Besitz ist bis zum äußersten mit Hypotheken belastet, und doch möchte ich meine Untersuchungen abschließen, ehe ich sterbe, und eine zureichende Summe hinterlassen zur Gründung einer Klinik, in der die Arbeit fortgeführt werden kann.

Im letzten Jahr habe ich mir viel Mühe gemacht, um das Rätsel zu lösen, das über dem Schatz des Alten Halsabschneiders liegt. Meine Forschungsarbeiten konnte ich meinem bewährten Mitarbeiter Dr. Forbes überlassen, solange ich die schwache Spur, die sich mir bot, verfolgte. Das war kostspielig und mühsam genug, weil Cuthbert in seinem Testament nicht einmal andeutet, ob Münster in Deutschland oder Münster in Irland ihm zum Versteck für seinen Schatz diente. Meine Reisen und die Nachforschungen an beiden Orten haben mich viel gekostet und zu nichts geführt. Enttäuscht kam ich im August zurück und sah mich gezwungen, meine Bibliothek zu verkaufen, um meine Ausgaben zu decken und wenigstens ein bißchen Geld zu haben, damit ich meine so schmählich behinderten Untersuchungen fortsetzen kann.«

»Aha«, sagte Lord Peter. »Jetzt geht mir endlich ein Licht auf.
Der alte Arzt sah ihn forschend an. Sie hatten sich nach dem Tee an den großen Kamin im Studierzimmer gesetzt. Lord Peters Interesse für das schöne, verwahrloste Haus samt seinem Grundbesitz hatte das Gespräch ganz natürlich auf die Familienverhältnisse des Doktors geführt, wobei das Problem der *Cosmographia,* die neben ihnen auf einem Tisch lag, zunächst zurückgetreten war.
»Alles, was Sie erzählen, fügt sich wunderbar in das Rätsel«, fuhr Wimsey fort, »und mir bleibt auch nicht der leiseste Zweifel, worauf Mr. Wilberforce Pope aus war; unklar ist mir bloß, woher er wußte, daß Sie die *Cosmographia* hatten.«
»Als ich die Bibliothek fortgab, habe ich ihm einen Katalog geschickt«, sagte Dr. Conyers. »Als Verwandter sollte er das Recht haben, zu erwerben, was ihm zusagte. Ich verstehe nicht, warum er sich das Buch nicht gleich gesichert hat, anstatt sich nachher so unmöglich aufzuführen.«
Lord Peter lachte unbändig. »Nun, weil er vorher nicht drauf gestoßen ist«, sagte er. »Meine Güte, er muß ja rasend gewesen sein. Ich verzeihe ihm alles. Hingegen«, fügte er hinzu, »möchte ich Ihre Hoffnungen nicht allzu hoch schrauben, Sir; selbst wenn wir das Rätsel des alten Cuthbert gelöst haben, so weiß ich nicht, ob wir damit dem Schatz nähergekommen sind.«
»Dem Schatz?«
»Natürlich, Sir. Sehen Sie bitte einmal zuerst diese Seite an! Da ist ein Name an den Rand gekritzelt. Unsere Altvorderen hatten eine etwas saloppe Art, ihr Eigentum so mir nichts, dir nichts irgendwo am Rande zu zeichnen statt fein säuberlich auf dem Vorderblatt. Diese Handschrift stammt etwa aus der Zeit Karls I.: Jac. Coniers. Daraus schließe ich, daß das Buch mindestens seit der ersten Hälfte des 17. Jahrhunderts im Besitz Ihrer Familie war und geblieben ist. Gut. Nun blättern wir um auf Seite 1099, wo wir eine Beschreibung finden von den Entdeckungen des Christoph Columbus. Sehen Sie, oben darüber ist eine Art Karte, auf der ein

paar von Mr. Popes Ungeheuern herumschwimmen. Offenbar sollen sie die Kanarischen oder, wie man auch sagte, die Seligen Inseln darstellen. Nicht viel besser gezeichnet als alle diese alten Karten, aber ich nehme doch an, daß die große Insel rechts oben Lanzarote sein soll, die beiden nächsten Teneriffa und Gran Canaria.«

»Aber was bedeutet die Schrift in der Mitte?«

»Das ist der springende Punkt. Diese Schrift stammt aus einer späteren Zeit als Jac. Coniers' Namenszug. Ich würde sie um etwa 1700 datieren – aber es kann natürlich auch erheblich später geschrieben sein. Das heißt, ein Mann, der um 1730 in vorgerückten Jahren stand, wird sich noch derselben Schreibweise bedient haben, die er in seiner Jugend gelernt hat. Insbesondere etwa, falls er, wie Ihr Piraten-Vorfahre, die frühere Zeit seines Lebens auf See zugebracht und wenig Gelegenheit zum Schreiben gehabt hatte.«

»Willst du sagen, Onkel Peter, daß dies die Schrift vom Alten Halsabschneider ist?« stieß der Viscount aufgeregt hervor.

»Ich würde eine Wette darauf wagen. Sehen Sie, Sir, Sie haben Münster in Deutschland und Münster in Irland durchstöbert – wie wäre es aber mit dem guten alten Münster in Ihrer eigenen Bibliothek?«

»Gott steh mir bei! Ist das möglich?«

»Es ist sogar ziemlich sicher, Sir. Hier steht geschrieben, was er sagt, sehen Sie, rund um den Kopf dieser Seeschlange: Hic in capite draconis ardet perpetuo sol. ›Hier scheint die Sonne unablässig auf das Haupt des Drachens.‹ Ziemliches Räuber-Latein – sagen wir ruhig Seeräuber-Latein.«

»Ich fürchte«, sagte Dr. Conyers, »ich bin etwas beschränkt, aber ich sehe nicht, wohin uns das eigentlich führen soll.«

»Nein. Der Alte Halsabschneider war ganz gescheit. Zweifellos meinte er, wer dies lese, werde darin eine Anspielung auf das weiter unten Folgende vermuten, wo es heißt, daß ›die Insulae Fortunatae genannt wurden wegen ihrer wunderbaren Temperatur der Luft und ihrer sanften Himmel‹. Aber der schlaue alte Astrologe in seiner Pagode hatte seine Hintergedanken dabei. Hier ist ein Büchlein aus dem Jahre

1678 – *Middleton's praktische Astrologie*. Gerade solch ein populäres Handbuch, wie es der Alte Halsabschneider benützt haben dürfte. Darin lesen Sie: ›Wenn du in deiner Konstellation Jupiter, Venus oder das Schlangenhaupt findest, so kannst du gewiß sein, daß am angegebenen Orte der Schatz ruht ... Findest du Sol als die Signatur des verborgenen Schatzes, so schließe daraus, daß dort Gold oder Juwelen sind.‹ Und wissen Sie, Sir, ich glaube, wir dürfen es schließen.«

»Himmel!« sagte Dr. Conyers. »Ich glaube fast, Sie haben recht. Und zu meiner Schande muß ich gestehen – hätte mir je einer gesagt, daß es mir von Nutzen sein könnte, mich mit der Astrologie zu befassen, so hätte ich in meiner Überheblichkeit erwidert, daß meine Zeit viel zu kostbar sei, um sie an solche Dummheiten zu vergeuden. Ich bin Ihnen zutiefst verpflichtet.«

»Ja«, sagte Gherkins – »aber wo ist nun der Schatz, Onkel?«

»Das ist es eben«, erwiderte Lord Peter. »Die Karte ist ganz ungenau, weder Längen- noch Breitengrade. Und die Hinweise deuten auf keinen Platz auf den Inseln, sondern in die Mitte der See. Außerdem ist das annähernd zweihundert Jahre her, daß der Schatz versteckt wurde, und irgendwer kann ihn ja nicht entdeckt haben.«

Dr. Conyers erhob sich.

»Ich bin ein alter Mann«, sagte er, »aber ich fühle noch Kraft in mir. Wenn es mir auf irgendeine Art gelingt, das Geld für eine Expedition zusammenzubringen, so will ich keine Mühe scheuen, um den Schatz zu heben und dann meine Klinik einzurichten.«

»Dann hoffe ich, Sir, daß Sie mir gestatten, eine hilfreiche Hand zum guten Werk zu leihen«, sagte Lord Peter.

Dr. Conyers hatte seine Gäste aufgefordert, über Nacht zu bleiben, und nun, nachdem der etwas aus dem Gleichgewicht geratene Viscount zu Bett gebracht war, saßen Wimsey und der alte Herr noch spät auf, studierten die Karten und vertieften sich, in der Hoffnung, irgendeinen neuen Hinweis zu finden, in Münsters Kapitel »De Novis Insulis«. Schließlich jedoch trennten sie sich, und Lord Peter ging, das Buch

unter dem Arm, in sein Zimmer hinauf. Er fand keine Ruhe und saß, anstatt zu Bett zu gehen, noch lange am Fenster, von dem aus man auf den See hinaussah. Der Mond, eben wieder im Abnehmen begriffen, selgelte hoch am Himmel, in seinem Licht hob sich das Dach des chinesischen Teehauses in scharfem Umriß über dem wirren Geäst der Sträucher ab. Der Alte Halsabschneider und seine Landschaftsgärtnerei! Wimsey sah den alten Piraten leibhaftig vor sich, wie er in seiner albernen Pagode neben dem Teleskop hockte, sich über sein verschlüsseltes Testament amüsierte und die Mondkrater zählte. »Ist dort Luna, so auch Silber.« Silbern genug flimmerte der Wasserspiegel des Sees! Quer hindurch führte ein langer, ebener Pfad, über den das düstere Bootshaus und die Inseln ihre Schatten warfen; mitten im See reckte sich das vertrackte Ungetüm von Himmelsdrachen mit seinem stacheligen Rücken auf – irgendwie lächerlich.
Wimsey rieb sich die Augen. Der See erschien ihm plötzlich seltsam vertraut, ja, fast von einer Minute zur anderen verstärkte sich der Eindruck einer absurden Unwirklichkeit, wie bei einem Ort, den man wiedererkennt, ohne ihn je gekannt zu haben. Wie beim ersten Anblick des schiefen Turms von Pisa – zu ähnlich dem Bild, um wirklich wahr zu sein. Diese langgestreckte Insel rechts, drachenförmig geschweift, mit zwei kleinen Gebäuden darauf, die mußte er doch kennen, dachte Wimsey. Dann die Insel zur Linken, den Britischen Inseln gleich, nun verkehrt herum gelagert. Und zwischen diesen beiden die dritte, etwas näher gelegen – sie bildeten miteinander ein Dreieck. Als Mittelpunkt darin die chinesische Drachenfontäne – und der Mond beschien unablässig das Haupt des Drachens. »Hic in capite draconis ardet perpetuo ...«
Lord Peter stieß einen Schrei aus, sprang auf und riß die Tür zum Nebenzimmer auf. Eine kleine Gestalt, in die Steppdecke gewickelt, glitt eilig von der Fensterbank.
»Sei nicht böse, Onkel Peter«, sagte Gherkins, »ich konnte nicht einschlafen und hielt es im Bett einfach nicht aus.«
»Komm«, sagte Lord Peter, »und sag mir, ob ich närrisch bin oder träume. Sieh jetzt mal aus dem Fenster und vergleich

dann die Karte mit dem, was du siehst – die ›Neuen Inseln‹ des Alten Halsabschneiders! Er hat sie selber gemacht, Gherkins, hat sie hier angelegt! Liegen sie nicht da, genau wie die Kanarischen Inseln? Diese drei in einem Dreieck und die vierte hier vorn? Und das Bootshaus dort, wo sich auf dem Bild das Schiff befindet? Und die Drachenfontäne dort, wo das Drachenhaupt ist? Nun, mein Sohn, hier ist dein verborgener Schatz geblieben! Zieh dich an, Gherkins, wenn jetzt auch alle braven kleinen Jungen im Bett sein müßten – wir machen eine Ruderpartie auf dem See, falls sich im Bootshaus irgendeine Bütte findet, die schwimmt!«

»Oh, Onkel Peter! Das ist aber ein wirkliches Abenteuer!«

»Und ob«, sagte Wimsey. »Juhuhu – und eine Flasche Johnny Walker dazu! Piraten-Expedition in tiefer Mitternacht, um den verborgenen Schatz zu heben und die ›Glückseligen Inseln‹ zu erforschen!

Mannschaft ahoi!«

Lord Peter band den lecken Kahn an dem gezähnten Schwanz des Drachens fest und stieg vorsichtig aus, denn der von Pflanzen überwucherte Sockel der Fontäne war schlüpfrig. »Gherkins, du mußt leider da sitzen bleiben und das Wasser ausschöpfen«, sagte er. »Die wirklich interessante Arbeit machen die guten Kapitäne immer allein. Am besten fangen wir mal mit dem Haupt an. Wenn der alte Gauner ›Haupt‹ sagt, so hat er's wohl auch gemeint.«

Er legte einen Arm liebevoll um den Hals des Ungeheuers, um sich daran zu halten, während er die verschiedenen Hökker und Zacken des Rückens systematisch abtastete, an ihnen zerrte oder sie hineinzudrücken versuchte. »Das Ding scheint solide gemacht zu sein, irgendwo muß ein Strahl herauskommen. Du vergißt nicht zu schöpfen, nein? Es wäre häßlich, wenn ich zurückkomme und das Boot wäre abgesackt. Piraten-Häuptling auf einer Insel ausgesetzt und so weiter! Na, an seinem Hinterkopf ist nichts zu finden. Probieren wir's mal mit den Augen. Du, Gherkins, ich spüre, da gibt etwas nach, es sitzt nur alles furchtbar fest. Wir hätten

auch wirklich etwas Öl mitnehmen können. Macht aber nichts – wenn's auch verflixt schwerfällt. Jetzt kommt's! Er kommt! Bah! Puh!«
Ein starker Druck hatte den verrosteten Knopf nach innen getrieben, was zur Folge hatte, daß ein Wasserstrahl in hohem Bogen aus dem aufgesperrten Schlund des Drachens Lord Peter direkt ins Gesicht schoß. Die Fontäne, seit Jahren eingetrocknet, schwang sich genußvoll himmelwärts, durchnäßte die Schatzjäger und zauberte im Mondschein einen Regenbogen hervor. »Das gehörte scheint's auch zum Humor des Alten Halsabschneiders«, knurrte Wimsey und kletterte bedachtsam vom Hals des Drachens herunter. »Jetzt kann ich's nicht wieder abstellen. Na, zum Teufel, versuchen wir's mit dem andern Auge.« Eine Weile drückte er vergeblich daran herum. Dann klappten klirrend und kreischend die beiden Bronzeflügel des Ungetüms seitwärts herab und legten eine tiefes, viereckiges Loch frei; gleichzeitig hörte die Fontäne auf zu sprudeln.
»Gherkins«, rief Lord Peter. »Wir haben's geschafft! – Aber hör trotzdem nicht auf zu schöpfen! – Es liegt eine Kiste darin, und die ist verdammt schwer. Nein, schon gut, ich kann's alleine. Gib mir den Bootshaken. Jetzt hoffe ich nur, daß der alte Sünder wirklich einen Schatz besaß. Wenn das auch nur einer seiner lustigen Späße wäre! Laß nur und halte das Boot fest. So. Hast du's? So ist es recht. Jetzt auf – hallo – was ist da los?«
Aus der Gegend des Bootshauses hörte man, als sie das Boot hinausruderten, aufgeregten Lärm. Lichter huschten hin und her, Stimmengewirr drang über den See.
»Sie halten uns für Einbrecher, Gherkins. Immer wird man mißverstanden. Platz da, mein Liebchen – –
Rudern, ja rudern, das war mein Ruin –
drum will ich, schönes Mädchen,
nie mehr rudern mit dir gehn.«
»Sind Sie es Mylord?« fragte eine Männerstimme, als sie auf das Bootshaus zusteuerten.
»Aha, das sind unsere braven Spürhunde!« rief Seine Lordschaft. »Was gibt es denn da für eine Aufregung?«

»Wir erwischten diesen Burschen, wie er um das Bootshaus herumschlich«, berichtete der Mann von Scotland Yard. »Er behauptet, er wäre der Neffe des alten Herrn. Kennen Sie ihn, Mylord?«

»Ich glaube wohl«, erwiderte Wimsey. »Mr. Pope, vermute ich. Guten Abend. Suchten Sie etwas? Vielleicht gar einen Schatz? Wir haben nämlich gerade einen gefunden. Aber nicht doch, sagen Sie das nicht. Maxima reverentia, wenn ich bitten darf. Lord St. George befindet sich noch in einem so zarten Alter. Übrigens, besten Dank auch, daß Sie mir gestern Nacht Ihre reizenden Freunde schickten. Keine Angst, Thompson, ich besorge schon das Nötige. – Sind Sie da, Herr Doktor? Ausgezeichnet. So, und wenn jetzt jemand einen Schraubenzieher oder sonst etwas Brauchbares da hat, dann wollen wir uns Urgroßpapa Cuthbert mal ein bißchen widmen. Wenn sich herausstellt, daß nur altes Eisen darin ist, Mr. Pope, dann haben Sie für Ihr Geld einen tollen Spaß gehabt.«

Ein Brecheisen, aus dem Bootshaus beigebracht, wurde unter die Schließe der Kiste gestemmt. Krachend sprang sie auf. Mit zitternden Knien ließ sich Dr. Conyers davor nieder und schlug den Deckel zurück.

Es entstand eine kleine Stille.

»Jetzt haben Sie doch die Zeche zu zahlen, Mr. Pope«, sagte Lord Peter. »Herr Doktor, ich glaube, es wird ein ganz hübsches Hospital, wenn es fertig ist.«

Aus dem Englischen von Erna M. Kraus

William Brittain: Der Mann, der Georges Simenon las

Mit zischenden Luftdruckbremsen blieb der riesige Lastzug der LINTEN VAN LINES am Rand der schmalen Straße stehen. Der Fahrer war ein Riese von einem Mann, dessen klumpiges Gesicht einem kulturell unbeleckten Bohnensack glich. Er zog noch einmal an seiner Zigarette und warf den Stummel zum Fenster hinaus.
»Das muß es sein, Barney«, sagte er. »Aber ein Haus sehe ich nicht. Nur das komische Schild mit Bannerings Namen neben der Fahrbahn.«
Sein Kollege war klein und drahtig. Er klappte das Buch zu, in dem er gelesen hatte und schob eine Strähne fuchsroten Haares aus dem Gesicht. Er musterte den Fahrer aus wasserblauen Augen.
»Harold, das Haus wirst du von der Straße aus nicht sehen«, sagte er. »Da wohnen reiche Leute. Und reiche Leute bauen sich ein Haus nicht an die Straße, weil sie den Verkehr nicht sehen wollen. Bieg doch einfach in die Zufahrt ein und laß mich lesen.«
Es krachte ziemlich, als Harold den ersten Gang einlegte. »Sag mal, Barney, warum mußt du eigentlich immer lesen, wenn du nicht fährst? Ich mein, die anderen reden mit einem immer über Sport, Mädchen und so, aber du hast immer, wenn ich fahre, die blöden Bücher vor der Nase.«
Barney besah sich das Buch, als komme es ihm zum erstenmal vor die Augen. »Das Buch ist nicht blöd«, stellte er fest. »Es handelt von einem ganz gescheiten Burschen. Ein Detektiv ist er. Maigret heißt er.«
»Maigret? Hä, ein komischer Name. Ein Detektiv, so?«

»Er ist Franzose, du Dummkopf. Und er hat Köpfchen. Manchmal habe ich Mitleid mit ihm, weil ihm die Füße weh tun, oder weil er lang im Regen warten muß und naß wird. Die anderen Detektive sind nämlich lauter Supermänner. Aber er ist ein Mensch, der weiß, wie sich andere Menschen verhalten. Er klärt die Verbrechen auf, weil er die Menschen kennt, nicht weil er eine Spur an die andere pappt.«
»Gibt's denn viele Bücher über den Burschen?«
»Ja. Ich weiß nicht genau, wie viele es sind. Ein paar Dutzend habe ich aber schon gelesen. Bis ich dich ablösen muß, bin ich mit dem da fertig. *Maigrets Jugendfreund* heißt es. Maigret ist der einzige Detektiv, von dem ich weiß, daß er auch mal ein Junge war. Die anderen ...«
»Da ist das Haus«, unterbrach in Harold. »Schaut fast wie ein Schloß aus, was?«
»Ja. Möchte gerne wissen, was man alles zu tun hat, bis man soviel Butter aufs Brot verdient, daß man sich so etwas kaufen kann.« Barney legte das Buch nach rückwärts in die Schlafkoje.
Harold parkte den Lastzug so geschickt, daß die hinteren Ladetüren direkt von den Marmorstufen des Hauses aus zugänglich waren. »Ich werde mal schauen, ob dieser Larry Leichtfuß hier in der Gegend ist. Und wenn nicht, müssen wir den ganzen Kram wieder zurückfahren, weil er den einzigen Schlüssel für die Ladetüren hat«, sagte Harold und kletterte aus dem Fahrerhaus.
Er drückte auf die Klingel. Von innen hörte man ein melodisches Glockenspiel. Einen Moment später wurde die Tür von einem Burschen mit ausnehmend breiten Schultern und schmalen Hüften geöffnet. Er trug eine grüne Kordjacke mit großen Taschen und sehr enge braune Hosen. Seine Beine steckten in übergroßen knallroten Cowboystiefeln, auf denen mit unregelmäßigen Stichen verschiedenfarbene Lederflecken in allen möglichen Formen aufgenäht waren – gelb, orange, türkis und grellblau. Die ganzen Außenseiten der Stiefel waren damit bepflastert.
Teuer, sehr teuer, dachte Barney. So teuer wie alles an diesem Haus.

»Du bist wohl Leichtfuß Larry Schofield«, sagte Barney laut. »Mr. Bannering hat gesagt, dich erkenn ich an deinen Cowboystiefeln.«
»Ja, der bin ich«, antwortete der Mann. »Ich bin auch erst gekommen. Der Bus hat Verspätung gehabt, und Taxi habe ich in der Stadt keines gefunden. Bin den ganzen Weg zu Fuß gegangen, fast zwei Meilen.«
»Ja, ja, man hat's schon schwer«, antwortete Barney und zuckte die Achseln. Er musterte Schofields linke Jackentasche. »Da hast du wohl einen Schießprügel drin?«
»Na, klar. Euer Lastzug enthält doch die ganz Kunstsammlung von Mr. Bannering. Als er das Haus kaufte, hat er mich gebeten, ich soll rüberkommen, daß da nichts passiert. Angenommen, da bricht hier jemand ein, wenn die Sachen abgeliefert sind? Ich habe den Auftrag, das Haus zu bewachen, bis Mr. Bannering kommt, und das mache ich auch.«
»Okay, Schofield, okay«, erwiderte Barney und hielt die Hände zu einer Friedensgeste in die Höhe. »Behalt nur dein Hemd an. Wir sind vereidigte Fahrer, und die Ladung ist weiß Gott wie hoch versichert. Wir liefern nur und haben nicht die Absicht, was zu klauen. Wie wär's, wenn du rauskämst und die Tür aufsperren wolltest?«
Schofield griff in die Tasche und warf Barney einen Schlüssel zu. »Hier, sperr doch selbst auf. Ihr seid ja dafür da, daß ihr das Zeug abladet, nicht ich. Und putzt euch die Schuhe ab, bevor ihr ins Haus kommt. Im ganzen Haus sind brandneue teure Teppiche gelegt worden.«
Barney winkte Harold zu, er solle aussteigen. »Ein lieber Kerl, dieser Schofield«, sagte er und ließ das schwere Vorhängeschloß an der Ladetür aufschnappen. »Wir sollen uns die Schuhe abputzen, sagte er, der Witzbold. Als hätte ich noch nie was in ein anständiges Haus getragen. Ah, vielleicht ist er nur nervös, weil er für den kostbaren Kram verantwortlich ist.«
Das erste Stück, das Harold hineintrug, war eine flache Kiste, mit der er am Türstock anstieß. »Du blöder Heini!« brüllte Schofield. »Pack es sofort aus, damit ich sehe, ob was beschädigt ist.«

Harold holte einen Hammer aus dem Werkzeugkasten unter dem Sitz und machte die Kiste auf. »Ist ja nicht mal angekratzt«, stellte er fest. »Ein solches Geschrei um die paar Farbkleckse und Striche. Meine Kinder malen schönere Bilder.«

»Das ist ein Miró. Ein Original und sehr teuer«, erklärte Schofield gönnerhaft. »Du hättest dein ganzes Leben lang blechen können, wenn es beschädigt gewesen wäre. Und jetzt seid bitte vorsichtiger. Die Jadesachen sind besonders zerbrechlich.«

Die nächsten Sachen wurden ohne Unfall hereingeschafft.

»Stellt die großen Verschläge da herein«, befahl Schofield. »Der Maler hat da gearbeitet. Schmeißt also keine Farbbüchsen um.«

Barney murmelte einiges, vor dem selbst Druckmaschinen erröten würden, als sie das schwere Ding dort abstellten und die schmerzenden Finger rieben. »Schwer«, stellte Harold fest.

»Ja.« Barney besah sich die Wand, vor der eine ganze Kollektion Farbkübel stand, die mit Putztüchern, Pinseln und sonstigem Malerwerkzeug garniert waren. »He, schau dir das mal an! Kommt dir das nicht komisch vor?«

»Nein. Nur gelb.«

»Ich meine doch, wie der Maler die Wand malt. Hört in der Mitte auf.«

Schofield erschien unter der Tür. »Ihr zwei werdet fürs Arbeiten bezahlt, nichts fürs Quatschen. An der Dekoration wird nicht kritisiert.«

»Wenn ich Mr. Bannering wäre, würde ich mir einen anderen Maler suchen«, erklärte Barney. »Jeder Maler, der sein Handwerk versteht, fängt in einer Ecke an und hört in einer Ecke auf. Wenn er's nämlich so macht wie da, gibt's ungleichmäßige Streifen, wenn er über die schon angetrocknete Farbe malt.«

»Das geht euch nichts an. Haltet euch an eure Arbeit.«

»Okay. Aber wenn Mr. Bannering kommt, sagst du ihm, Barney Joplin hat festgestellt, daß ihn der Maler übers Ohr haut.«

Harold setzte betont vorsichtig über den dicken Teppich, wie ein Kind, das zum erstenmal etwas Flauschiges unter den Füßen spürt. »Herrjeh, da läuft man ja wie auf Moos!« Er lachte breit. »Was kostet es wohl, wenn man das ganze Haus so ausstaffiert?«

»Du kannst dir's auf keinen Fall leisten, weil das Teppiche für reiche Leute sind. Und jetzt macht weiter.«

Zwei Stunden lang entluden sie, und Schofield stand unter der Tür und hakte jeden hineingetragenen Gegenstand auf einer Liste ab. Endlich war der Lastzug leer.

»Ich zeichne den Lieferschein ab, dann könnt ihr wieder abrauschen«, sagte Schofield.

»Moment mal«, wandte Barney ein. »Vielleicht weißt du's nicht, aber Harold und ich haben verdammt hart gearbeitet, um den ganzen Kram reinzuschaffen. Und du bist bloß rumgehängt und hast zugeschaut. Bricht dir vielleicht das Herz, wenn du uns ein Bier geben und einen weichen Sessel anbieten würdest, damit wir uns ein paar Minuten ausruhen können?« Er schaute sich um. »Mir wär sogar der Teppich recht, wenn ich mich ein paar Minuten drauf ausstrecken kann. Die Möbel sind ja noch nicht da.«

»Nun, Bier gibt's keins, weil keins im Haus ist«, antwortete Schofield. »Aber im Gartenzimmer sind ein paar alte Möbel vom vorigen Besitzer. Da könnt ihr ausruhen. Aber aus den Augen laß ich euch nicht.«

»Fein. Komm, Harold. Das Bier kriegen wir später auch noch, wenn wir auf der Straße sind.«

Im Gartenzimmer ließ sich Harold auf ein altes Ledersofa fallen, und Barney setzte sich in einen Lehnstuhl und streckte mit einem Grunzen der Zufriedenheit die Beine aus. Schofield saß bolzengerade in einem thronähnlichen Sessel. Barney stieß ihm einen Schemel vor die Füße, doch Schofield übersah ihn.

»Welche Ausbildung braucht man denn, bevor einen so einer wie Mr. Bannering einstellt, um sein Zeug zu bewachen?« fragte Barney.

»Sagen wir mal ... ich könnt jeden von euch beiden mühelos mit bloßen Händen umbringen«, erwiderte Schofield.

»Und wenn der andere was versuchen sollte, hätte er eine Kugel zwischen den Augen, bevor er noch die Füße vom Sofa auf den Boden kriegt.«

»Ja, Mr. Bannering hat uns schon gesagt, daß du keinen Spaß verstehst«, bemerkte Barney. »Wir versuchen auch gar nicht, was von diesen kostbaren Gemälden und dem Zeug zu klauen. Du kannst also beruhigt sein. Leg mal deine Füße auf den Schemel und laß deine Cowboystiefel ein bißchen genauer anschauen.«

Schofield schüttelte den Kopf und rammte seine Füße noch fester auf den Boden.

»Barney, wir müssen gehen«, mahnte Harold. »Morgen müssen wir in Jersey sein. Wir können nicht da rumsitzen.«

»Einen Augenblick noch, denn ich fühle mich jetzt gerade wie Maigret in den Büchern«, wehrte Barney ab.

»Wer ist denn dieser Maigret?« wollte Schofield wissen.

»Ein Polizeiinspektor in Paris. Ein Bursche namens Georges Simenon schreibt Bücher über ihn. Ich lese sie gern, weil sie von Frankreich und so handeln. Die Bronx sind nicht besonders exotisch, wenn man daher stammt, falls du begreifst, was ich meine.«

»Was meinst du, daß du dich wie Maigret fühlst?« fragte Harold.

»Die Sache ist so. Maigret weiß nie genau, was bei einem Verbrechen passiert ist. Lies nur mal *Maigret zögert* oder *Maigret macht einen Fehler,* dann weißt du, was ich meine. Und ich hab' so eine Ahnung, daß wir einen Fehler machen, wenn wir jetzt sofort gehen.«

»Keine Angst, ich kann auf das Haus schon aufpassen, bis Mr. Bannering mit seinen Leuten kommt«, versicherte ihm Schofield.

»Na, klar. Mensch, mir wäre lieber, du wärst ein bißchen lockerer, Schofield. Seit wir uns gesetzt haben, bist du nicht einmal rumgerutscht.«

»Ich würd' mich sehr freuen, wenn ich euch zur Tür begleiten dürftc. Oder besteht ihr drauf, dieses Maigret-Geschwätz fortzusetzen?«

»Ja, das will ich eigentlich«, antwortete Barney und schlug die Beine übereinander. Aus einer Kiste neben seinem Stuhl nahm er einen Briefbeschwerer aus Glas, in das ein glitzernder Stein eingebettet war. »Habe ich dir schon mal gesagt, Schofield, daß ich Werfer in einer Baseballmannschaft war? Kein Profi, aber nicht schlecht, gar nicht schlecht. Ich könnt dir nämlich das Ding da an deinen Zinken werfen, bevor du noch die Hand an die Kanone in deiner Jackentasche legst. Harold, geh mal hin und nimm ihm das Ding weg, bevor's losgeht und jemanden beschädigt.«
Harold wuchtete sich vom Sofa in die Höhe, warf Barney einen etwas merkwürdigen Blick zu und trat neben Schofield. Er rechnete damit, daß der andere zuschlagen würde, doch nur seine Augen funkelten zornig. Vorsichtig zog ihm Harold den 38er Revolver aus der Tasche.
»Okay, Harold, und jetzt ziel mal damit auf ihn. Schön ruhig. Ich glaube nicht, daß Mr. Schofield ein so guter Kämpfer ist, wie er behauptet, aber wir wollen ja kein Risiko eingehen. Mr. Schofield, ich an deiner Stelle würde jetzt nicht aufstehen. Harold ist nämlich sehr nervös, wenn er ein Schießeisen in der Hand hat, und ich weiß nicht, was passiert, wenn er sich aufregt.«
»Ich will mich ja gar nicht rühren«, versprach Schofield. »Okay, wenn ihr Bilder klauen wollt, dann klaut sie doch. Aber das wäre leichter gewesen, wenn ihr sie gleich, solange sie noch im Laster ...«
»Halt die Klappe, Schofield, wir klauen nichts. Wir haben jetzt nur über Inspektor Maigret geredet. Stimmt doch, oder?«
»Was ist mit dem?«
»Maigret läuft nicht immer rum und kratzt Spuren zusammen, wie es Sherlock Holmes und andere Detektive machen. Er versteht die Menschen und weiß, wie sie denken und fühlen. So löst er nämlich seine Fälle. Jetzt, Mr. Schofield, bricht dir der Schweiß aus allen Poren. Ich weiß also, daß du Angst hast. Verstehst du, was ich meine?«
»Hör mit dem Quatsch auf! Du hättest auch Angst, wenn man dir ein Schießeisen vor die Nase hält. Und wenn ihr es

nicht auf die Bilder abgesehen habt, vielleicht sagt ihr mir dann, was das Geschwätz soll?«

»Okay. Vor zwei Tagen hat Maurice Bannering mit uns persönlich gesprochen, bevor die ganzen Bilder und das Zeug eingeladen wurden. Da hat er uns gesagt, daß ein Mann namens Leichtfuß Larry Schofield auf uns wartet. Den würden wir an seinen verrückten Cowboystiefeln erkennen. Sie sind sozusagen sein Warenzeichen.«

»Der bin ich doch. Na, und?«

»Ein Foto von dir hat er uns aber nicht gezeigt. Wir wußten nur das mit den Stiefeln.«

»Fotos kann ich euch in ein paar Tagen dutzendweise schikken. Mit Autogramm.«

»Aber du würdest wohl den falschen Namen draufschreiben. Siehst du, ich weiß nämlich nicht, wer du bist. Aber Leichtfuß Larry Schofield bist du ganz bestimmt nicht.«

Harold ließ fast die Pistole fallen. »He, Barney, bist du jetzt übergeschnappt?«

»Das glaube ich nicht, Harold. Leichtfuß Larry! Deine Füße sind so groß wie Flußkähne, Mr. Schofield, oder wie du sonst heißt. Ein Leichtfuß bist du nicht. Bloß ziemlich gerissen. Nur nicht mit dem Malerjob.«

»Wieso? Was ist damit?«

»Ein richtiger Maler hört nicht mitten in der Wand auf. Sagen wir mal, das war gar kein Maler, sondern einer, der ins Haus kommen wollte, solange der richtige Larry Leichtfuß da war. Einer allein wär nie reingekommen, weil ihn der richtige Schofield auseinandergenommen hätte, wie Mr. Bannering sagte. Ein Maler mit seinem ganzen Handwerkszeug kann sich leichter reinschwindeln. Natürlich muß er was malen, bis er Gelegenheit findet, dem richtigen Schofield eins an den Schädel zu knallen. Und dann kann man ihn verschnüren und irgendwo in einem Schrank verstecken. Der Maler zieht Schofields Kleider an, und wenn die Lieferung da ist, kann er sich aus den Schätzen raussuchen, was er will und in Ruhe wegschaffen.«

»Das ist doch lächerlich! Ihr könnt ja das ganze Haus durchsuchen, wenn ihr glaubt, ich hätte einen zusammengeschlagen. Oder ihr könnt auch mit vorgehaltenem Revolver vor mir stehen, bis mich Mr. Bannering identifiziert. Mr. Barney Joplin, du sagst deinem Freund, er soll mir meine Waffe geben, und dann verschwindet ihr beide, sonst hole ich die Polizei. Die wird sich totlachen, wenn sie euch in die Klapsmühle fährt.«

Barney schüttelte den Kopf. »Mr. Schofield, das machen wir nicht. Und wenn ich mit dem, was ich gesagt hab', falsch liege, dann verstehe ich gut, wenn du stocksauer bist. Aber ich und Maigret, wir überlegen uns nämlich genau, warum bestimmte Leute auf bestimmte Art handeln. Gerade jetzt wundere ich mich über dich. Warum läufst du nicht rum? Du legst die Beine nicht übereinander, stellst sie nicht mal auf den Schemel. Nur dasitzen kannst du, als hättest du einen Feuerhaken verschluckt, und dabei stehen doch genug Liegestühle rum, in die man sich richtig reinlümmeln kann. Und das hast du alles getan, bevor Harold dir dein Schießeisen abgenommen hat. Muß doch einen Grund geben, was?«

»Nun, ich ...«

»Siehst du, ich stelle mir vor, daß du da was ausgekocht hast. Das einzige Stück, das dir vom richtigen Leichtfuß Larry Schofield nicht paßt, sind seine Stiefel, weil kaum einer so große Flossen hat wie du. Also hast du dir ein Paar mit den Fantasieflecken gekauft und sie mit dem Malerwerkzeug reingeschmuggelt. Ist doch ganz einfach, was? Danach hast du sie angezogen, damit du den richtigen Schofield spielen kannst.

Aber die Stifel waren brandneu, und rumgelaufen bist du damit nur auf den Teppichen. Du bist auch nicht rausgegangen, um uns zu helfen. Also müssen die Stiefel noch ganz glatte, glänzende Sohlen haben. Wenn du nämlich Schofield wärst und die zwei Meilen hättest laufen müssen, dann wären die Sohlen ziemlich verkratzt.

Siehst du, und du hast die Sohlen fest am Boden gehalten, keine Beine gekreuzt, nicht mal die Füße auf den Schemel gestellt. Damit hast du dich nämlich verraten. Wir brauchen also nicht zu warten, bis dich jemand identifiziert. Stell nur deine Füße hier auf den Schemel, damit wir uns die Sohlen

anschauen können. Sind sie verkratzt, gehen wir sofort. Wenn nicht, wirst du uns einiges erklären müssen.«
Barney schob den Schemel vor ihn. »Rauf mit den Flossen!« befahl er. »Harold, wenn er eine falsche Bewegung macht, kannst du ihn dorthin schießen, wo du's für am besten hältst.«
Langsam wurde erst der eine, dann der andere Fuß auf den Schemel gehoben. Harold setzte sich ein wenig aufrechter hin und blinzelte heftig.
In den glänzenden Schuhsohlen konnte er sich fast spiegeln . . .
Ein paar Stunden und etliche Telefonanrufe später hatte die Polizei den angeblichen Schofield als Willie Needleman, einen früheren Angestellten von Bannering identifiziert, der ein bißchen zu tief in die Kasse gegriffen hatte. Den richtigen Schofield fanden sie verschnürt in einem Schrank im Oberstock. Zwei Polizisten übernahmen die Bewachung der Schätze, bis Bannering selbst für ihren Schutz sorgen konnte. Und der Lastzug machte sich auf den Weg nach New Jersey mit Harold am Steuer.
Von Zeit zu Zeit schaute er zu Barney hinüber, der sich wieder in Maigrets Abenteuer vertieft hatte. Aber jetzt machte Barney mit seiner freien Hand einige Bewegungen, die Harold seltsam vorkamen.
Barney war barhäuptig und hatte nichts im Mund, aber er schien einen Hut zurechtzurücken und seine Finger um einen Pfeifenkopf zu schließen.

Aus dem Amerikanischen von Leni Sobez

Hugh Pentecost: Der Tag, an dem die Kinder verschwanden

An einem strahlenden, klaren Winternachmittag verschwanden in der Stadt Clayton die neun Kinder, die jeden Tag zur Regionalschule nach Lakeview fuhren, mitsamt dem großen Kombi, in dem sie fuhren, und dessen Fahrer so spurlos von der Erdoberfläche, als wären sie von irgendeinem ungeheuerlichen interplanetarischen Staubsauger in den Weltraum gesogen worden.
In der Phase der Hysterie, die dem Verschwinden folgte, wurde diese Theorie tatsächlich von einem bestürzten Bürger Claytons vorgebracht, und in ihrer Ratlosigkeit hat eine ganze Menge Leute sie ernsthaft in Erwägung gezogen.
An dem Verschwinden von neun Kindern, einem Erwachsenen und einem als Schulbus benutzten Kombi mit Spezialinnenausstattung war natürlich nichts Interplanetarisches oder Übernatürliches. Es war das Ergebnis gefühlloser menschlicher Schurkerei. Da es aber keine mögliche Erklärung dafür gab, nahm in den Köpfen der gequälten Eltern und der verwirrten Bürgerschaft alles Aspekte schwarzer Magie an.
Clayton ist von Lakeview sieben Meilen entfernt und wächst durch seine Steinbrüche schnell. Lakeview, beträchtlich größer und mit einer langen Geschichte planmäßigen Wachstums, hatte seit kurzem eine neue Schule. Die Schulbehörden der zwei Städte kamen überein, daß neun Kinder aus dem East End von Clayton nach Lakeview in die Schule geschickt werden sollten, wo genug Platz und der richtige Lehrkörper vorhanden waren. Es sollte nur ein vorübergehender Notbehelf sein.

Da es nur neun Kinder waren, schickten sie nicht einen von den großen Bussen für achtundvierzig Fahrgäste, um sie abzuholen. Ein großer Kombi für neun Fahrgäste wurde angeschafft, frisch gestrichen und als Schulbus gekennzeichnet, und Jerry Mahoney, ein Mechaniker in der East Clayton Garage, wurde dafür gewonnen, die zwei Fahrten jeden Tag mit den Kindern zu machen.

Jerry Mahoney war ein beliebter und geachteter Mann. Während seiner Dienstzeit in der Armee war er Flugzeugmechaniker gewesen. Wenn es sich um Motoren und Maschinen handelte, war er unschlagbar. Er war verlobt mit Elizabeth Deering, die in der Bank von Clayton arbeitete und eins von Claytons begehrtesten Mädchen war. Alle beide waren sie nette, verantwortungsbewußte Leute.

Das Verschwinden des Kombis mitsamt den neun Kindern und Jerry Mahoney fand auf einem Stück Straße von zwei Meilen Länge statt, wo ein Verschwinden unmöglich war. Dieses Stück Straße hieß der »Grabenweg«, und es war eine Strecke, die in Windungen an einem See entlanglief. Starke Leitplanken schützten auf den ganzen zwei Meilen die Straße gegen den See. Nirgendwo gab es eine Lücke.

Auf der anderen Seite der Straße erhob sich das Terrain jäh zu Tausenden von Morgen waldbestandenen Berglands, das so dicht bewachsen war, daß nicht mal ein Traktor an irgendeiner Stelle hinaufgekommen wäre, höchstens ein paar Meter auf einer nicht mehr benutzten Straße, die zu einem stillgelegten Steinbruch führte. Und auch über diese alte Straße hätte nichts fahren können, ohne eine Spur von umgerissenem Unterholz und geknickten Schößlingen zu hinterlassen.

Von Lakeview aus am Anfang des Grabenwegs war eine Tankstelle, die dem alten Jake Nugent gehörte. An dem Nachmittag, als der Bus mit Jerry Mahoney am Steuer und mit seiner Ladung lachender und lärmender Kinder verschwand, machte er vorher bei dem alten Nugent halt. Jerry Mahoney hatte dem alten Mann vom Postamt einen Eilbrief mitgebracht und so dem Eilboten einen Weg gespart. Jerry und der alte Jake begrüßten sich, der alte Mann bestätigte

mit Unterschrift, den Brief empfangen zu haben – er kam von seinem Sohn in Chicago, der darum bat, ihm fünfzig Dollar zu leihen –, und Jerry fuhr mit seiner Ladung Kinder weiter in den Grabenweg hinein.
Am anderen Ende des Grabenwegs, vor Clayton, war Joe Gormans Restaurant, und eins von den Kindern in Jerrys Bus war Peter Gorman, Joes Sohn. Das Restaurant war Jerrys erste Station, wenn er mit seiner Kinderfuhre aus dem Grabenweg kam.
Es war halb fünf nachmittags, als Gorman merkte, daß der Bus seit fast einer Dreiviertelstunde überfällig war. Besorgt rief er die Schule in Lakeview an, und die Direktorin, Miß Bromfield, sagte ihm, der Bus sei planmäßig abgefahren.
»Vielleicht hat er einen Platten gehabt oder sowas«, schlug Miß Bromfield vor.
Das war der erste von sieben Anrufen, die Miß Bromfield in der nächsten halben Stunde bekommen sollte, und jedesmal wurde nach dem Bus gefragt. Neun Kinder; sieben Familien.
Joe Gorman war der erste, der ernsthaft etwas unternahm. Er rief Jake Nugents Tankstelle an, um sich nach dem Bus zu erkundigen, und Old Jake sagte ihm, der Bus sei pünktlich bei ihm durchgekommen. Jerry und seiner Busladung Kinder mußte also im Grabenweg etwas zugestoßen sein. Joe holte seinen Jeep heraus und fuhr in Richtung Lakeview durch den Grabenweg. Auf dem ganzen Weg bis zu Jake Nugent sah er weder den Bus noch irgendeinen Menschen ihm entgegenkommen.
Jake Nugent war ein gewitzter alter Herr, noch völlig im Besitz seiner Fähigkeiten. Er trank nicht. Wenn er sagte, daß er den Bus gesehen hatte – daß er gehalten hatte, um ihm den Brief zu überbringen – und er ihm nachgeblickt und ihn in den Grabenweg habe einbiegen sehen, dann mußte man ihm das glauben. Auf Joe Gormans Gesicht brach kalter Schweiß aus, als er das hörte. Auf dem Grabenweg bestand Glatteisgefahr. Als er hergefahren war, hatte er bemerkt, daß man noch keinen Sand gestreut hatte. Mit einer größeren Tragödie hatte Joe nicht gerechnet. Aber wenn der Bus

ins Schleudern gekommen war, die Leitplanken durchbrochen hatte ...

Er benutzte Jakes Telefon, um die Dicklers in Clayton anzurufen. Die zwei Kinder der Dicklers, Dorothy und Donald, gehörten zu Jerrys Fuhre, und nach Joes Restaurant war bei ihnen die nächste Station. Die Dicklers machten sich bereits große Sorgen, weil ihre Kinder noch nicht aufgetaucht waren.

Joe wartete nicht mit irgendwelchen Theorien auf. Dennoch hatte er Angst. Er rief die Troopers in Lakeview an und erzählte ihnen von dem vermißten Bus. Sie nahmen's nicht allzu ernst, sagten aber, sie würden einen Mann losschikken.

Joe fuhr zurück nach Clayton. Diesmal saß ihm das Herz im Halse wie ein Klumpen. Er fuhr langsam und prüfte jeden Zoll der Leitplanken. Nirgendwo war ein Pfosten umgerissen oder verbogen, nirgendwo waren die Leitplanken eingedrückt oder verzogen. Ohne eine Spur an den Leitplanken hinterlassen zu haben, konnte der Bus nicht vom Bankett und in den See gerutscht sein.

Als Joe Gorman bei seinem Restaurant ankam, war ihm wohler. Ihm war wohler, aber gleichzeitig war ihm auch schwindelig. Fünf Minuten später kam Trooper Teliski von Lakeview angebraust.

»Na, was is' das für 'n fauler Witz?« fragte er Joe.

Joe versuchte, sich eine Zigarette anzuzünden, und seine Hände zitterten so schlimm, daß es ihm nicht gelang. Teliski ließ sein Feuerzeug aufflammen und hielt es ihm hin. Joe sog den Rauch tief in die Lungen.

»Passen Sie auf«, sagte er. »Der Bus bog zur gewöhnlichen Zeit in den Grabenweg ein.« Er erzählte ihm, daß Jerry bei Nugent haltgemacht hatte. »Er ist aber nie an diesem Ende wieder rausgekommen.«

In Teliskis Backe zuckte ein Nerv. »Der See«, sagte er.

Joe schüttelte den Kopf. »Daran – daran hab ich auch schon gedacht, grade eben. Ich bin kurz vor Ihnen durchgekommen und hab alles abgesucht. Überall sind die Leitplanken heil, kein krummer Pfosten, nichts. Nicht mal ein Kratzer.

Der Bus ist nicht in den See gefahren, darauf wett ich mein Leben.«
»Was bleibt dann noch übrig?« fragte Teliski. »Den Berg kann er ja schlecht raufgefahren sein.«
»Ich weiß«, sagte Joe, und die beiden Männer starrten einander an.
»Es wird irgendein Scherz sein«, sagte Teliski.
»Was für ein Scherz? Für mich hört da der Scherz auf – und für die Dicklers auch. Ich hab mit ihnen gesprochen.«
»Vielleicht hatten sie die Erlaubnis, in irgendeinen besonderen Film zu gehn oder sowas«, sagte Teliski.
»Ohne die Eltern zu benachrichtigen? Und das hätte Miß Bromfield mir auch gesagt. Ich hab mit ihr gesprochen. Hören Sie, Teliski. Der Bus ist reingefahren in den Grabenweg und ist nicht mehr rausgekommen. Er ist jetzt nicht im Grabenweg, und in den See ist er auch nicht gefahren.«
Teliski schwieg einen Moment, dann sprach er, ernsthaft um gesunden Menschenverstand bemüht. »Er ist nicht rausgekommen an diesem Ende«, sagte er. »Wir werden uns die Leitplanken nochmal genau ansehn, aber nehmen wir an, Sie haben recht. Er ist nicht in den See gerutscht. Den Berg konnte er schlecht hoch. Also was bleibt uns da noch?«
»Wir werden verrückt!« sagte Joe.
»Es bleibt uns nur die eine Antwort, daß der Kombi nie in den Grabenweg hineingefahren ist.«
Joe Gorman nickte. »Das ist Logik«, sagte er. »Aber warum sollte Jake Nugent lügen? Jerry hat jetzt eine Stunde und fünfundvierzig Minuten Verspätung. Wenn er nicht in den Grabenweg hineingefahren ist, wo ist er dann? Wo *könnte* er hingefahren sein? Warum hat er nicht angerufen, wenn alles okay ist?«
Ein Auto fuhr vor und hielt. Ein Mann stieg aus und kam auf sie zugelaufen. Es war Karl Dickler, Vater von zweien der vermißten Kinder. »Gottseidank, daß Sie hier sind, Teliski. Was ist passiert?«
»Ein fauler Witz«, sagte Teliski. »Wir kommen nicht dahinter. Der Bus ist nicht durch den Grabenweg gekommen.«
»Aber doch!« sagte Karl Dickler.

»Jedenfalls ist er an diesem Ende nicht rausgekommen«, sagte Joe Gorman. »Ich hab Ausschau gehalten nach Pete, ist doch klar.«
»Aber er ist durchgekommen! Ich bin ihnen unterwegs nach Lakeview selber begegnet. Sie hatten auf dem Weg hierher Jakes Tankstelle ungefähr eine halbe Meile hinter sich. Ich hab sie gesehn! Ich hab meinen Kindern zugewinkt!«
Die drei Männer starrten einander an.
»Er kam nie an diesem Ende raus«, sagte Gorman mit erstickter Stimme.
Dickler wankte. Er faßte den Polizisten an, um sich festzuhalten. »Der See!« flüsterte er.
Aber sie waren nicht im See. Joe Gormans Überprüfung hatte es eindeutig bewiesen; keine kaputte Leitplanke, kein krummer Pfosten, nicht mal ein Kratzer ...
Es war fast schon dunkel, als die wirkliche Suche begann. Polizisten, die Familien der Kinder, die Gewählten der Stadt, der Sheriff und fünfundzwanzig bis dreißig freiwillige Hilfspolizisten sowie hundert oder mehr Schulkameraden der vermißten Kinder.
Der See kam unmöglich in Frage. Nicht nur, daß die Leitplanken intakt waren, der See war auch etwa einen Zoll dick zugefroren. An keiner Stelle der zwei Meilen langen Strekke, wo der Grabenweg an den See grenzte, war die glatte Eisfläche aufgebrochen.
Männer und Frauen und Kinder durchkämmten den Wald auf der anderen Seite der Straße und wußten dabei die ganze Zeit, daß es sinnlos war. Die Straße hatte den Namen »Grabenweg« bekommen, weil man sie aus der Flanke des Berges herausgegraben hatte. Eine etwa sieben Fuß hohe Kiesböschung lief fast ununterbrochen an dieser Seite des Berges entlang. Dann gab es die nicht mehr benutzte alte Zufahrt zu dem Steinbruch. Aber schon nach wenigen Metern war klar, daß kein Auto da durchgekommen sein konnte.
Hundert Telefonanrufe wurden in die Städte und Dörfer der Umgebung gemacht. Niemand hatte den Kombi, die Kinder oder Jerry Mahoney gesehen. Man mußte sich auf das Unmögliche gefaßt machen.

Der Bus war in den Grabenweg hineingefahren und war nicht mehr herausgekommen. Er war nicht in den See gerutscht und war auch nicht in das undurchdringliche Unterholz des Berges hinaufgeklettert. Er war einfach weg! Hatte sich in Luft aufgelöst! ...

Alle kümmerten sich rührend und mitfühlend um die Dicklers und Joe Gorman, um die Williams, die Trents, die Ishams, die Nortons und die Jennings – die Eltern der vermißten Kinder. Über Jerry Mahoneys Familie oder sein Mädchen machte sich niemand groß Gedanken.

Es war gegen jede Vernunft, aber als es später wurde und die Suche sich in die Länge zog, ohne daß auch nur ein Hauch eines Anhaltspunktes gefunden wurde oder man zu einer vernünftigen Theorie kam, begannen die Leute über Jerry Mahoney zu reden. Er war der Fahrer. Der Bus mußte irgendwo hingefahren worden sein. Ohne Jerry Mahoney am Steuer konnte er sich nicht bewegt haben. Jerry war in der ganzen Sache der einzige Erwachsene. Wie es auch bewerkstelligt sein mochte – dieses Verschwinden –, Jerry mußte die Hand dabei im Spiele gehabt haben.

Daß man Jerry Mahoney noch bis vor einer Stunde geachtet, vertraut und gerngehabt hatte, spielte keine Rolle mehr. Ihre Kinder waren weg, und Jerry hatte sie irgendwo hingebracht. Warum? Lösegeld. Morgen kriegen wir alle Erpresserbriefe, sagten sie. Ein Massen-Kidnapping. Jerry hatte die Kinder irgendwo. Kinder reicher Eltern gab es in Clayton nicht, also würde er Lösegeld von allen sieben Familien fordern.

So wurde Jerry Mahoney ein Schurke, weil es sonst niemanden zu verdächtigen gab. Keiner kam auf den Gedanken, daß Jerrys Vater und Jerrys Mädchen über sein Ausbleiben genauso in Sorge sein könnten wie die andern über das Ausbleiben der Kinder.

Um halb zehn stürmten Sergeant Mason und Trooper Teliski von der Polizei des Bundesstaates, George Peabody, der Sheriff, und ein dutzend Männer der Gemeinde, unter ihnen Joe Gorman und Karl Dickler, in das Wohnzimmer von Jerry Mahoneys Haus, wo ein alter Mann mit silber-

weißem Haar in einem dick gepolsterten Sessel saß, und zu seinen Füßen kauerte, den Kopf an sein Knie gedrückt, weinend Elizabeth Deering, Jerrys Verlobte.
Der alte Mann trug einen ziemlich knapp geschnittenen grauen Flanellanzug, eine leuchtend rote Weste mit Messingknöpfen und ein grünes Halstuch, das für eine St. Patrick's Day Parade entworfen worden sein mußte. Als er dem Mädchen über das blonde Haar strich, reflektierte ein quadratisch geschnittener Diamant in schwerer Goldfassung an seinem kleinen Finger blitzend das Licht von der Lampe. Er blickte zu Sergeant Mason und seiner kleinen Armee von Gefolgsleuten auf, und seine blauen Augen hörten auf zu zwinkern, als er den strengen Gesichtsausdruck des Polizisten sah.
»Also, Pat«, sagte Sergeant Mason. »Was hat Jerry mit den Kindern angestellt?« Pat Mahoneys blaßblaue Augen begegneten dem starren Blick des Polizisten fest. Dann bildeten sich Lachfältchen in seinen Augen- und Mundwinkeln.
»Bevor ich das zu beantworten versuche, möchte ich Ihnen eine Frage stellen«, sagte Pat Mahoney.
»Nun?«
»Haben Sie aufgehört, Ihre Frau zu schlagen, Sergeant?« fragte Pat Mahoney. Sein keckerndes Gelächter war das einzige, was im Zimmer zu hören war ...
Von den Alten gibt es noch ein paar, die sich an die Zeit erinnern können, als Mahoney und Faye in der Truppe des Keith-Orpheum-Vaudeville-Theaters ungefähr an vierter Stelle in einem Programm von acht Stars rangierten. Pat Mahoney war ein tanzender irischer Komiker, und Nora Faye (»für Sie Mrs. Mahoney«) konnte es im Tanzen mit ihm aufnehmen und hatte die Sopranstimme eines Engels.
Wie so viele Leute im Showbusineß war Pat ein Großtöner, ein Angeber, aber bei alledem ein gediegener Profi, der vier Stunden am Tag übte, um etwas Neues zu vervollkommnen, in vierzig Jahren keinen einzigen Auftritt versäumte und bis zu dem Tag, an dem der kleine Jerry in einem billigen Hotel in Grand Rapids, Michigan, geboren wurde, die Hälfte des-

sen, was er verdiente, an Schnorrer und hoffnungslose Nieten verschenkte.
Den Diamantring, den er heute trug, hatte er schon bei hundert Pfandleihern gehabt. Für längere Zeit als er zurückdenken mochte, war er die Grundlage für seine und Noras Sicherheit gewesen.
War man länger als fünf Minuten mit Pat allein, kam er unweigerlich auf die alten Zeiten zu sprechen – auf die Leute, die für ihn ein Idol gewesen waren: Sophie Tucker und Smith & Dale und Williams & Wolfus und Joe Jackson. Er kannte sie alle, hatte mit ihnen auf demselben Programm gestanden.
»Aber die Größte von allen«, sagte er dann, und ein seltsames Leuchten kam in seine blaßblauen Augen, »war Nora Faye – für Sie Mrs. Mahoney.«
Hatte er erst einmal mit seiner Nora angefangen, gab es kein Halten mehr für Pat Mahoney. Er erzählte von ihren Talenten als Sängerin und Tänzerin, aber im Grunde war es eine Saga von endloser Geduld, von Freundlichkeit und Verständnis, von der Liebe zu einer dickköpfigen, eitlen kleinen irischen Komikerin, von der Zärtlichkeit wie der einer Mutter und am Ende von hellsichtiger Stärke im Angesicht nackter Tragödie.
Mahoney und Faye waren noch nie im Palace auf dem Broadway aufgetreten, dem Traumziel aller Vaudeville-Komödianten. Pat hatte ein Dutzend Nummern einstudiert, die jedes Eis brechen würden, und schließlich hatte er's geschafft.
»Wir sind in Cowboy-Kostümen auf die Bühne gekommen, alles mit Juwelen besetzt, mit juwelenbesetzten Colts und juwelenbesetzten Stiefeln, und dann haben wir 'n kleinen Step hingelegt – aber ohne die Eisenklappern an den Sohlen –, und dann gingen plötzlich alle Lichter aus, und nur noch die Juwelen waren zu sehen – die waren speziell dafür hergestellt –, und dann haben wir Tempo zugelegt, die Colts gezogen, um die Finger gewirbelt und damit jongliert, und das Haus war am Tosen! Oh, wir haben das vorher in Kleinstädten ausprobiert, und schließlich konnte unser Manager

einen Vertrag fürs Palace festmachen, wovon wir immer geträumt hatten.«
Dann kam ein langes Schweigen, und Pat zog ein knallbuntes Taschentuch aus seiner Gesäßtasche und schneuzte sich mit einer Art wütender Heftigkeit die Nase. »Ich kann Ihnen die Kostüme noch zeigen. Sie sind oben auf dem Boden in einem Kostüm-Koffer weggepackt. Genauso wie wir sie getragen haben – ich und Nora – bei unserm letzten Auftritt. In Atlantic City war das. Und sie kommt von der Bühne, immer noch braust uns der Beifall in den Ohren, und dann bricht sie zusammen in der Garderobe, krümmt sich auf dem Boden vor Schmerzen. Da ist sie dann mit rausgerückt. Seit Monaten war es immer schlimmer geworden. Sie wollte nicht, daß ich was merke. Der Arzt hatte ihr's auf den Kopf zugesagt. Sie hätte nur noch wenige Monate. Nie hatte sie ein Wort davon zu mir gesagt, immer nur mit mir fürs Palace gearbeitet, weil sie wußte, daß ich davon träumte.
Und nur drei Wochen danach – verließ sie uns. Mich und Jerry – verließ sie uns. Wir standen an ihrem Bett, als sie uns verließ – und das letzte, was sie sagte, war an Jerry gerichtet. ›Kümmer dich um Pat‹, sagte sie zu ihm. ›Er ist hilflos, wenn sich nicht jemand um ihn kümmert.‹ Und dann lächelte sie mich an, und da waren all die vielen Jahre drin in dem Lächeln.«
Und dann, ganz gleich, wo er gerade war, wenn er diese Geschichte erzählte, wischte sich Pat Mahoney mit dem Handrücken über die Augen und sagte: »Sie werden entschuldigen, ich glaube, ich geh jetzt nach Hause ...«
Niemand lachte, als Pat den alten Gerichtssaal-Korken (»Haben Sie aufgehört, Ihre Frau zu schlagen?«) auf Sergeant Mason abschoß. Pat sah an Mason vorbei und blickte Trooper Teliski an, Joe Gorman und Karl Dickler, Mr. und Mrs. Jennings, deren zwei Töchter in dem vermißten Bus waren, und George Peabody, den dicken, schnaufenden Sheriff.
»Die Frage, die ich Ihnen gestellt habe, Sergeant«, sagte er, »ergibt genauso wenig Sinn wie die Frage, die Sie mir gestellt haben. Sie haben mich gefragt, was Noras Junge mit

den Kindern angestellt hat. Darauf gibt es keine Antwort. Höre ich Sie sagen: ›Ich weiß, wie Ihnen zumute sein muß, Pat Mahoney, und Ihnen, Elizabeth Deering. Gibt es irgendwas, was wir in dieser Stunde der Not für Sie tun können?‹ Ich höre nicht, daß Sie das sagen, Sergeant.«

»Es tut mir leid, Pat«, sagte Mason. »Die Kinder sind verschwunden. Jerry muß sie irgendwo hingefahren haben.«

»Nein!« schrie Liz Deering auf. »Ihr wißt alle ganz genau, daß Jerry sowas nie machen würde!«

Anscheinend wußten sie es nicht, aber das war verzeihlich. Man kann die Leute nicht mit dem Unerklärlichen konfrontieren, ohne daß sie es mit der Angst zu tun bekommen und aus dem Gleichgewicht geworfen werden. Man kann ihre Kinder nicht in Gefahr bringen und dann erwarten, daß sie vernünftig reagieren. Ein unduldsames Murren wurde laut, und der alte Pat sah die Qual in den Gesichtern von Joe Gorman und Karl Dickler, und die geschwollenen roten Augen von Mrs. Jennings.

»Hat er irgendwie komisch geredet, Pat?« fragte Mason. »Hat er sich normal benommen in letzter Zeit?«

»Noras Junge ist der normalste, den man sich nur vorstellen kann«, sagte Pat Mahoney. »Das wissen Sie genau, Sergeant. Wieso eigentlich, Sie kennen ihn doch, seit er ein kleiner Junge war.«

Mrs. Jennings schrie los: »Er will nur seinen Sohn decken. Natürlich, er will nur seinen Sohn decken. Aber der hat uns unsere Kinder gestohlen!«

»Der Rattenfänger von Hameln ist wieder am Werk«, sagte Pat Mahoney.

»Bringen Sie ihn zum Reden!« schrie Mrs. Jennings, und der Haufen um sie herum murrte lauter.

»Wann haben Sie Jerry das letztemal gesehn, Pat?«

»Beim Frühstück«, sagte Pat. »Mittag ißt er in Joe Gormans Restaurant.« Seine Lippen zuckten. »Er hätte längst zum Abendessen zurück sein müssen.«

»Hat er Geld nötig gehabt?« fragte Mason.

»Geld? Er war doch ein Mann, der ein anständiges Mädchen liebte, nicht? Wozu soll er dann noch Geld nötig haben?«

»Bringen Sie ihn dazu, daß er vernünftig antwortet!« flehte Mrs. Jennings verzweifelt.
Joe Gorman trat vor. »Pat, vielleicht ist Jerry ganz plötzlich krank geworden. Sowas ist schon vorgekommen bei Männern, die gesehn haben, was sich in Übersee abspielt. Vielleicht hast du irgendwelche Anzeichen bemerkt und willst uns nichts davon sagen. Aber mein Pete war in diesem Bus, und die zwei Kinder von Karl und die zwei von Mrs. Jennings. Wir wissen nicht mehr weiter. Pat – also wenn Sie uns irgendwas sagen können! Unsere Kinder waren in dem Bus!«
Als Pat Mahoney hörte, was Joe Gorman sagte, bekamen seine Augen einen schmerzlichen Ausdruck. »Mein Junge ist auch in diesem Bus, Joe«, sagte er.
Alle starrten sie ihn an, einige haßerfüllt. Und dann, von ferne, hörten sie das Heulen einer Sirene. Wie die Pest kam von Lakeview der Polizeiwagen der Troopers angebraust.
»Vielleicht Neuigkeiten!« rief jemand.
»Neuigkeiten!«
Und alle stürzten sie aus dem Haus, um dem herannahenden Auto entgegenzurennen – alle, bis auf Elizabeth Deering, die, an den alten Mann geklammert, zurückblieb.
»Ich versteh das nicht«, sagte sie mit bebender Stimme. »Sie denken, er hat ihren Kindern was zuleide getan, Pat! Wie können sie sowas nur denken? Wie?«
Old Pats Augen waren in weite Fernen gerichtet. »Hab ich dir schon mal was vom Großen Thurston erzählt?« fragte er. »Der größte Zauberer, den ich je gesehn habe.«
»Pat!« sagte Elizabeth, und ihre Augen weiteten sich vor Schrecken.
»Das erstemal hab ich ihn in Sioux City gesehn«, sagte Pat. »Er kam mit wehendem Cape auf die Bühne, und mit einem Seidenzylinder, und er ...«
Guter Gott, er verliert den Verstand, sagte sich Elizabeth Deering. Hoffentlich sind die Neuigkeiten gut! Hoffentlich sind sie gefunden und in Sicherheit!
Draußen kam die Sirene näher.
Das Polizeiauto mit seiner heulenden Sirene brachte Neuig-

keiten, aber es war nicht die Art Neuigkeiten, die die Leute von Clayton zu hören hofften.
Es war beruhigend zu wissen, daß innerhalb weniger Stunden nach Bekanntwerden der Tragödie die ganze Gegend in Alarmbereitschaft versetzt worden war; daß bei Tagesanbruch ein Geschwader von Armee-Hubschraubern ein Gebiet von Hunderten von Meilen im Umkreis überblicken würde; daß in fünf Bundesstaaten nach dem vermißten Kombi und seinen Fahrgästen gefahndet wurde; und daß der Generalstaatsanwalt den besten Mann aus seinem Mitarbeiterstab geschickt hatte, der die Suche leiten und koordinieren sollte.
Die Beamten an höchster Stelle, die den Fall kalt und unberührt von Hysterie und persönlichem Beteiligtsein betrachteten, hatten eine Theorie. Eine rationale Erklärung für das Verschwinden des Busses mußte es natürlich geben, und Clyde Haviland, ein Untersuchungsbeamter aus dem Stab des Generalstaatsanwalts, groß, mit hängenden Schultern und sehr gelehrt aussehend, hatte Weisung, diese Erklärung so schnell wie möglich nach seiner Ankunft in Clayton zu liefern. Darüber hinausgehend hatte man aber auf offizieller Seite keinen Zweifel mehr, worum es sich bei diesem Verschwinden handeln mußte: Massen-Kidnapping; etwas Neues in den Annalen des Verbrechens.
Da keine der betroffenen Familien begütert war, waren Haviland und seine Vorgesetzten davon überzeugt, daß man als nächstes damit zu rechnen habe, daß Lösegeld für die Kinder von der ganzen Gemeinde gefordert werden würde. Das FBI wurde in Alarmbereitschaft versetzt, um in dem Moment zuschlagen zu können, wo es Anzeichen dafür gäbe, daß die Sache sich über die Staatengrenzen hinweg ausweiten würde.
Während Mütter weinten und das Mannsvolk erbost knurrte, alles sei auf Jerry Mahoney, den Fahrer, zurückzuführen, arbeiteten die Behörden still und effektiv. Die Air Force ließ dem FBI die vollständige Personalakte des Technical Sergeant Jerry Mahoney zukommen. Männer, die Jerry während seiner Militärdienstzeit gekannt hatten, wurden aus dem

Schlaf gerissen oder aus Restaurants oder Theatervorstellungen geholt, um verhört zu werden. Hatte er irgendwann einmal irgendwas gesagt, was einen Hinweis darauf geben könnte, daß er vielleicht in die Welt der Gewalttätigkeit überwechseln würde? Gab es in seiner Gesundheitsakte irgend etwas, was auf Geisteskrankheit hindeutete?

An einem Schreibtisch im Rathaus sitzend, erstattete Clyde Haviland zu einigen Punkten Bericht. Außer ihm waren anwesend: George Peabody, der Sheriff, die drei Gewählten der Stadt, Sergeant Mason und noch zwei andere Polizisten. Haviland, sorgfältig die Gläser seiner Hornbrille putzend, war ein ruhiger und Ruhe ausstrahlender Mann. Er genoß einen guten Ruf im ganzen Staat. Den Leuten in Clayton war er nicht unbekannt, weil er in der Nachbarstadt Johnsville einmal einen besonders brutalen Mord aufgeklärt hatte, und während mehrerer Wochen hatten seine Nachforschungen ihn des öfteren nach Clayton geführt.

»Bis jetzt«, sagte er mit einem schwachen Lächeln, »sieht die Akte über Jerry Mahoney ganz ordentlich aus.«

»In welcher Hinsicht?« fragte Sergeant Mason, gierend nach dem Geruch von Blut.

»Ein Musterbürger«, sagte Haviland. »Niemand sagt etwas Schlechtes über ihn. Gutmütig. Nicht nachtragend. Hat nie gemogelt. Spart sein Geld. Sein Guthaben auf der Bank von Clayton würde einige von Ihnen in Erstaunen setzen. So wie es aussieht, ist er der letzte, auf den ein Verdacht fallen könnte.«

»Bei allem gibt's irgendwo einen Anfang«, sagte Karl Dickler. Er war einer von den Gewählten der Stadt und zugleich gehörte er zu den betroffenen Eltern.

»Heute Nacht wird's kalt werden, die Temperatur wird unter Null sinken«, sagte düster George Peabody, der Sheriff. »Wenn die Kinder irgendwo draußen ...«

»Inzwischen sind sie schon verdammt weit weg von hier, wenn Sie mich fragen«, sagte Sergeant Mason.

Haviland sah ihn an, ohne daß seine Augen hinter den Brillengläsern zuckten. »Nur, daß sie aus dem Grabenweg nie rausgekommen sind.«

»Keiner hat sie gesehn«, sagte Mason. »Aber da sind sie nicht, also sind sie auch rausgekommen.«
»Sie sind nicht rausgekommen«, sagte Joe Gorman. »Ich hab bei mir am Fenster gesessen und nach ihnen Ausschau gehalten.«
»Bis auf die drei Sekunden, wo Sie weg waren, um sich in der Küche was aus dem Eisschrank zu holen«, sagte Mason. »Und vermutlich haben alle anderen, die an der Hauptstraße wohnen, auch grade in dem Moment ihren Kopf in irgendeinen Schrank gesteckt!« sagte Joe Gorman.
»Oder irgendwer im Himmel hat einen langen Arm gemacht und den Kombi im Weltall verschwinden lassen«, sagte Haviland. Er blickte in Peabodys feistes Gesicht, als er das sagte, und irgend etwas, was er dort sah, ließ ihn schnell hinzufügen: »Das ist natürlich nicht mein Ernst.«
Peabody lachte nervös.
»Das ist die einzige einleuchtende Erklärung, die wir bis jetzt hatten.«
Karl Dickler hob seine Hand an seine Backe. Dort war ein Nerv, der zu zucken angefangen hatte, regelmäßig wie das Ticken einer Uhr. »Ich mag Jerry. Ich hätte dasselbe über ihn zu berichten wie das, was in der Akte steht, die Sie bekommen haben, Mr. Haviland. Aber Sie können nicht an den Tatsachen vorbeigehn. Ich hätte gesagt, er würde die Kinder mit seinem Leben verteidigen. Aber hat er's getan? Und der alte Mann – sein Vater. Auf keine Frage antwortete er direkt. Irgendwas ist komisch an ihm. Verdammt, Mr. Haviland, meine Kinder sind – da draußen, irgendwo!« Er deutete auf die zugefrorenen Fensterscheiben.
»Jeder Highway im Umkreis von zweihundert Meilen wird kontrolliert, Mr. Dickler«, sagte Haviland. »Wenn sie von hier aus bei Tageslicht ohne anzuhalten durchgefahren wären – vorausgesetzt, Mason hat recht, und alle haben gerade in einen Schrank geguckt, als der Kombi durch die Stadt fuhr –, hätten sie hundertmal gesehn worden sein müssen, nachdem sie aus Clayton raus waren. Es gibt nicht eine einzige Aussage, daß irgendwer den Kombi mit dem Schulbusschild gesehn hätte.« Haviland machte eine Pause, um sich

eine Zigarette anzuzünden. Seine schmal zulaufenden Finger waren nikotingelb.

»Wenn Sie je ein Verbrechen untersucht hätten, Mr. Dickler, würden Sie wissen, daß wir gewöhnlich von Anrufen von Leuten überschwemmt werden, die meinen, sie hätten den Gesuchten gesehn. Ein Bus – ein Bus voller Kinder. Irgendwer hätte ihn sehn *müssen!* Aber nicht mal ein Spinner hat uns angerufen. Wenn es irgendwo eine Stelle gäbe, wo er sich hätte versteckt halten können – und Sie brauchen's mir nicht zu sagen, ich weiß, es gibt keine solche Stelle –, und wenn er dann im Dunkeln weitergefahren wäre, dann wär er vielleicht ein Stück weit gekommen. Aber alles ist alarmiert. Er könnte jetzt keine fünf Meilen mehr fahren, ohne irgendwo in die Falle zu gehn.«

»Das haben wir uns alles auch schon gesagt, stundenlang!« sagte Dickler, sich wie wild geworden in seine zuckende Backe kneifend. »Was gedenken Sie zu *tun,* Haviland?«

»Wenn wir uns nicht alle irren«, sagte Haviland, »werden wir von den Kidnappern bald was hören. Heute Nacht – oder vielleicht morgen früh – durch die Post oder telefonisch oder sonstwie. Aber wir werden von ihnen hören. Sie werden Geld fordern. Worum könnte es ihnen sonst gehen? Sobald wir was hören, müssen wir anfangen, nach dem Gehör zu spielen. So ungefähr laufen solche Fälle ab.«

»Inzwischen sitzen Sie einfach hier und warten ab!« sagte Dickler, mit wachsender Verzweiflung in der Stimme. »Was soll ich denn meiner Frau sagen?«

»Ich finde, alle Eltern der Kinder sollten nach Hause gehn. Sie sind nämlich diejenigen, mit denen die Kidnapper möglicherweise zuerst Kontakt aufnehmen. Vielleicht ist es Ihr Kind, das sie ans Telefon holen, um Sie davon zu überzeugen, daß die Kinder in Sicherheit sind«, sagte Haviland. »Sowie es hell wird ...«

»Sie meinen, die Kinder sind in *Sicherheit?*« schrie Dickler dazwischen.

Haviland sah den aufgewühlten Vater einen Augenblick an. Dann sprach er, ruhig: »Was könnte ich Ihnen denn mit Sicherheit sagen, Mr. Dickler? Selbst wenn ich's versuchte, würden Sie mir nicht glauben. Leute, die mit so was ihr Spiel treiben, haben keine Gefühle, sie sind unberechenbar. Wenn man gegen sie kämpft, muß man leise auftreten. Weiß der Himmel, was passiert, wenn man ihnen Angst macht. Deswegen lege ich Ihnen allen dringend nahe, nach Hause zu gehn und abzuwarten.« Er ließ seine Zigarette auf den Boden fallen und trat sie aus. »Und zu beten«, sagte er ...

Elizabeth Deering, Jerry Mahoneys Mädchen, war krank vor Angst. Alle ihre Gedanken kreisten um Jerry; Jerry, der mit den Kindern vermißt war; und was schlimmer war, Jerry, der von seinen Freunden verdächtigt wurde. Und obendrein noch der alte Pat Mahoney.

Seit der wütende Haufen das Haus verlassen hatte, war sie nicht mehr aus ihm schlau geworden. Endlos hatte er von den alten Zeiten im Vaudeville-Theater geredet. Er schien besessen von der Erinnerung an den Tag, als er zum erstenmal den Großen Thurston in Sioux City gesehen hatte. Er erzählte von Kartentricks und wie die Dame in der Mitte durchgesägt wurde und was für eine kindliche Freude seine Frau Nora hatte, wenn sie darüber völlig aus dem Häuschen geriet.

Er schien sich an alles zu erinnern, was er den großen Mann hatte tun sehn.

Elizabeth versuchte es, aber es gelang ihr nicht, Pat in die Gegenwart zurückzuholen. Die Tragödie schien der Anstoß gewesen zu sein, der ihn über den Rand der Welt der Vernunft gestupst hatte. Halb war sie erleichtert, als sie vorne auf der Veranda feste Schritte hörte, halb hatte sie Angst vor schlechten Nachrichten – schlechten Nachrichten über Jerry –, als sie Sergeant Mason und den großen Fremden sah.

Mason war weniger aggressiv als bei seinem ersten Besuch. Er stellte Haviland vor und sagte, daß sie mit Pat zu sprechen wünschten. Elizabeth führte sie nach hinten ins Wohnzimmer, wo der alte Pat immer noch in dem dicken Polstersessel saß.

Mason stellte Haviland vor. »Mr. Haviland ist ein Sonderbeauftragter des Generalstaatsanwalts und führt hier die Fahndung, Pat.«

Pats Augen leuchteten auf. »Sagen Sie, sind Sie nicht der Bursche, der den Mord drüben in Johnsville aufgeklärt hat?« sagte er. »Ein sauberes Stückchen Arbeit.«
»Danke«, sagte Haviland. Er sah Pat an, erstaunt über dessen grelle Weste und das Halstuch und den am Finger glitzernden Diamanten. Man hatte ihn auf Pat vorbereitet, aber nicht ausreichend.
»Setzen Sie sich«, sagte Pat. »Wenn wir Liz nett darum bitten, macht sie uns vielleicht einen Kaffee.«
Mason gab Liz mit dem Kopf einen Wink, und sie ging hinaus in die Küche. Er folgte ihr, um ihr zu sagen, daß es nichts Neues gebe. Haviland setzte sich auf das Couchende in der Nähe von Pat, streckte seine langen Beine aus und bot Pat eine Zigarette an.
»Ich rauche nicht«, sagte Pat. »So richtig geschmeckt haben mir nur Zigarren, aber Nora haßte den Geruch, also was blieb mir übrig? Sind Sie in der guten alten Zeit ins Vaudeville-Theater gegangen, Mr. Haviland?«
»Als Kind, ja«, sagte Haviland und zündete sich eine Zigarette an. »Aber leider hatte ich nie das Vergnügen, Sie zu sehen, Mr. Mahoney.«
»Nennen Sie mich Pat«, sagte Pat. »Das tun hier alle. Ich war kein großes Licht, Mr. Haviland. Nur ein drittklassiger Sänger und Tänzer. Aber Nora – tja, wenn Sie meine Nora nur einmal gesehn hätten ...«
Haviland wartete, daß er fortführe, aber Pat schien sich in seine kostbaren Erinnerungen zu verlieren.
»Sie machen sich bestimmt große Sorgen um Ihren Sohn, Pat«, sagte er.
Für den Bruchteil einer Sekunde schien die Maske freundlicher Unzurechnungsfähigkeit von Pats Gesicht gerissen. »Würde Ihnen das nicht auch so gehn?« fragte er schroff. Dann, fast im Handumdrehn, war die Maske wieder aufgesetzt, und der alte Pat ließ sein keckerndes Lachen ertönen. »Sie haben Theorien, Mr. Haviland? Wie werden Sie diesen Fall behandeln?«
»Ich denke«, sagte Haviland im Konversationston, »die Kinder und Ihr Sohn sind entführt worden. Vermutlich wer-

den wir von den Kidnappern bald was hören. Aller Wahrscheinlichkeit nach wird die ganze Stadt kräftig zur Kasse gebeten werden.«
Pat nickte. »Ich werde diesen Diamantring beisteuern«, sagte er. »Der hat Jerry schon so manches Mal aus Schwierigkeiten geholt.«
Havilands Augen wurden schmal. »Er hat früher schon in Schwierigkeiten gesteckt?«
»Seine Hauptschwierigkeit war sein Papa«, sagte Pat. »Manchmal war nämlich nicht genug zu essen da. Aber mit diesem Ring konnten wir immer 'n paar Brötchen auftreiben.« Er richtete seine hellen, lachenden Augen voll auf Haviland. »Sie haben eine Erklärung, wie der Bus verschwunden ist?«
»Nein«, sagte Haviland.
»Es würde sowieso keine große Rolle spielen, nicht?« sagte Pat.
»Nun, wenn wir wüßten ...«, sagte Haviland.
»Es würde sowieso keine große Rolle spielen«, sagte Pat. »Was jetzt eine Rolle spielt, ist, was passieren *wird.*«
»Sie meinen die Geldforderung?«
»Wenn es das ist, was passieren wird«, sagte Pat. Das kekkernde Lachen ging Haviland plötzlich auf die Nerven. Der alte Witzbold wußte etwas!
»Sie haben eine andere Theorie, Pat?« fragte Haviland, ließ sich seine Verärgerung aber nicht anmerken.
»Haben Sie im Programm vom Keith-Orpheum mal den Großen Thurston gesehn?« fragte Pat.
»Ich fürchte nein«, sagte Haviland.
»Der größte Zauberkünstler, den ich je gesehn habe«, sagte Pat. »Besser als Houdini. Besser als alle zusammen. Das erste Mal sah ich ihn in Sioux City ...«
»Was diesen Fall hier betrifft, Pat«, unterbrach ihn Haviland, »haben Sie da eine Theorie?«
»Eine Theorie hab ich nicht«, sagte Pat, »aber ich weiß, was passieren wird.«
Haviland lehnte sich vor. »Was wird passieren?«
»Eins von zwei Dingen«, sagte Pat. »Alle in dieser Stadt

werden den Kombi im See suchen, wo er, wie jeder weiß, nicht ist; und sie werden die Wälder danach absuchen, wo er, wie jeder weiß, auch nicht ist. Das ist das eine, das passieren kann. Das andere ist, daß sie Ihnen Ihre Theorie abnehmen, Mr. Haviland – und es ist eine gute Theorie, wohlgemerkt –, und daß alle zu Hause bleiben und darauf warten, daß sie was zu hören kriegen. Das Ergebnis ist in beiden Fällen dasselbe, nicht wahr?«
»Das Ergebnis dasselbe?«
»Na sicher. Niemand in Clayton geht zur Arbeit. In den Steinbrüchen ist Totenstille. Die kleinen Läden werden zumachen. Die Leute werden suchen und die Leute werden warten ...«
»Und?«
»Und wer wird was davon haben?« fragte Pat.
Haviland drückte seine Zigarette in einem Aschenbecher aus. »Davon wird niemand was haben. Die Steinbruchbesitzer werden etwas Geld verlieren, und die kleinen Kaufleute werden auch etwas Geld verlieren.«
»Ziemlich sinnlos, nicht?« sagte Pat grinsend.
Haviland erhob sich. Es reichte ihm langsam. Mason und Elizabeth kamen mit dem Kaffee aus der Küche zurück.
»Alles, was Sie sagen, ist ziemlich sinnlos, Mr. Mahoney.«
Pats Augen zwinkerten. »Sie haben doch gesagt, den Großen Thurston hätten Sie nie gesehn, nicht?«
»Ich hab ihn nie gesehn«, sagte Haviland.
»Nun, wir werden ja sehn. Wenn sie zu Hause bleiben und warten sollen, werden sie zu Hause bleiben und warten. Wenn sie die Landschaft absuchen sollen, werden sie die Landschaft absuchen. Ah, Kaffee! Riecht wirklich gut. Holen Sie sich einen Stuhl ran, Sergeant. Übrigens, Mr. Haviland, ich könnte mit Ihnen wetten«, sagte Pat.
»Ich wette nicht«, sagte Haviland.
»Ach, nur so; nicht um irgendwas«, sagte Pat. »Ich wette mit Ihnen, daß sie morgen früh draußen sind und die Landschaft absuchen. Ich wette, daß sie auch dann die Landschaft absuchen werden, wenn Sie ihnen befehlen, zu Hause zu bleiben und abzuwarten.«

»Hören Sie, Pat, wenn Sie irgendwas wissen ...«
Ein träumischer Ausdruck kam in Pats Augen. »Nora war so hingerissen vom Großen Thurston damals in Sioux City, daß ich nach der Vorstellung mit ihr hinter die Bühne ging. Ich dachte, vielleicht zeigt er mir ein paar einfache Tricks. Ich tat so, als sei es Nora zuliebe, aber in Wirklichkeit dachte ich, wir könnten vielleicht was davon für unser Repertoire gebrauchen. Er wollte mir nichts sagen – das heißt, nichts von seinen Tricks. Aber er verriet mir das Prinzip, auf dem sein ganzer Beruf sich aufbaut.«
»Zucker?« fragte Elizabeth Haviland. Armer alter Mann, dachte sie.
»Das Prinzip besteht darin«, sagte Pat, »sein Publikum dahin zu bringen, daß es nur das denkt, was du willst, daß es denkt, und nur das sieht, was du willst, daß es sieht.« Pats Augen leuchteten auf. »Was mich darauf bringt, daß es etwas gibt, das ich Sie gerne sehen lassen möchte.«
Haviland stürzte seinen Kaffee hinunter. Irgendwie fühlte er sich von dem alten Mann fasziniert. Pat stand unten an der Treppe und winkte ihn heran. Haviland folgte ihm.
Elisabeth blickte Mason an, und Tränen waren in ihren Augen. »Es hat ihn völlig umgeworfen«, sagte sie. »Wissen Sie, was er Mr. Haviland zeigen will?« Sergeant Mason schüttelte den Kopf.
»Einen Cowboy-Anzug!« sagte Elisabeth, und leise weinend sank sie auf das Sofa. »Er will ihm einen Cowboy-Anzug zeigen.«
Und sie hatte recht. Haviland war auf dem Dachboden und hielt sich gebückt, um nicht mit dem Kopf gegen die schrägen Balken zu stoßen. Old Pat hatte einen Kostüm-Koffer geöffnet, und mit der Geste eines Kellners, der den Silberdeckel von einer Tomate surprise abnimmt, hatte er zwei Cowboy-Anzüge enthüllt – sauber und ordentlich hing auf jeder Seite des Koffers einer –, Noras und sein eigener. Der lederne Beinschutz, Hemd, Weste, Stiefel, Stetsons und die Revolvergürtel – alles besetzt mit Bühnenjuwelen.
»... und dann gingen die Lichter aus«, sagte Pat gerade, »und alles, was man gesehn hat, waren diese Glassteine, die

gefunkelt haben. Und dann haben wir die Colts gezogen ...« Und plötzlich hatte Pat die zwei juwelenbesetzten Sechsschüsser in den Händen und ließ sie um seine Finger wirbeln. »Früher, in den alten Zeiten, da hatte ich diese Kanone schneller gezogen und in Anschlag gebracht als Jesse James!«
Für Haviland war der Bann gebrochen. Der alte Knabe hatte 'ne Meise. »Es war schön, das zu sehen, Mr. Mahoney«, sagte er. »Aber ich fürchte, ich muß jetzt wieder zurück ...«

Sowie der Morgen graute, ließ Haviland sich von Sergeant Mason und Sheriff George Peabody an den Ort des Verschwindens bringen. Sonst war jedermann zu Hause und wartete darauf, etwas von den Kidnappern zu hören. Für die ganze Stadt war es eine schreckliche Nacht gewesen, eine Nacht voller böser Vorzeichen und finsterer Spukgestalten. Haviland untersuchte jeden Zoll der zwei Meilen langen Grabenwegstrecke. Um die Fakten kam man nicht herum. Eine Möglichkeit, wie es hätte geschehen können, gab es nicht – und doch war es geschehen.
Gegen halb acht war er zurück in Clayton in Joes Restaurant, und mit den Füßen stampfend, um sie zu wärmen, wartete er gierig vor seiner dampfenden Tasse schwarzen Kaffees auf Spiegeleier und Toastbrot. Alle Eltern waren gefragt worden: kein Telefonanruf war gekommen, kein Brief war unter einer Tür durchgeschoben worden, nichts war bei der Morgenpost gewesen.
Haviland kriegte sein Frühstück nie. Eben als Joe Gorman die Eier vom Herd nahm, kam Trooper Teliski ins Restaurant gestürzt. Teliski, ein gesunder junger Mann, war weiß wie Pergament, und die Worte brachen wie ersticktes Schluchzen aus ihm heraus. »Wir haben sie gefunden«, sagte er. »Oder wenigstens wissen wir, wo sie sind. Die Hubschrauber haben sie gesichtet. Ich hab grade in der Stadt Bescheid gesagt.«
Joe Gorman ließ den Teller mit den Eiern hinter der Theke auf den Boden fallen. Haviland auf seinem Barhocker fuhr

herum. Der bloße Anblick Teliskis genügte, und in seinem Nacken sträubten sich die Haare.
»Der alte Steinbruch oberhalb vom Grabenweg«, sagte Teliski atemlos. »Von dem Bus keine Spur, der ist da nicht hochgefahren, aber von den Kindern.« Teliski hielt sich an der Theke fest. »Schulbücher«, sagte er. »Ein paar Mäntel – und alles liegt oben am Rand des Steinbruchs verstreut. Und im Steinbruch – noch mehr davon. Eine rote Baskenmütze von einem der Kinder ...«
»Peter!« schrie Joe Gorman auf.
Haviland ging zur Tür. Die Hauptstraße von Clayton bot einen erschreckenden Anblick. Leute, sich gegenseitig etwas zuschreiend, kamen aus Häusern gelaufen und rannten in Richtung Grabenweg. Diejenigen, die mit dem Auto lospreschten, schlugen die Leute vor ihnen auf der Straße in die Flucht. Es gab keine Ordnung – nur noch blinde Panik.
Haviland stand vor dem Restaurant auf dem Bordstein, Eis in den Adern. Er blickte die Straße hinunter und sah gerade noch, wie eine hemmungslos weinende Frau einen Stein aufnahm und ihn durch das Vorderfenster von Pat Mahoneys Haus warf.
»Kommen Sie – was ist los mit Ihnen?« rief Teliski, der bereits im Polizeiwagen am Steuer saß.
Haviland rührte sich nicht. Erstarrt blickte er auf das zerbrochene Fenster. Er wußte, daß der stillgelegte Steinbruch sechzig Fuß tief war und bis zu sechs Fuß unter dem Rand voll eisigen Wassers stand, das durch dauernd sprudelnde Quellen Zufluß erhielt.
Ein Feuerwehrauto donnerte vorbei. Sie würden versuchen, den Steinbruch leerzupumpen. Als wollten sie den Atlantik mit einer Teetasse ausschöpfen.
»Haviland!« rief Teliski verzweifelt.
Haviland starrte immer noch auf Pat Mahoneys Haus. Eine keckernde alte Stimme klang ihm in den Ohren. »Ich könnte mit Ihnen wetten, Mr. Haviland. Ich wette mit Ihnen, daß sie auch dann die Landschaft absuchen werden, wenn Sie ihnen befehlen, zu Hause zu bleiben und abzuwarten.«
Eine Wut, wie er sie noch nicht gekannt hatte, spülte Havi-

land das Eis aus den Adern. Pat hatte also etwas gewußt! Der komische alte Kauz hatte *gestern abend* etwas gewußt.

Einem solchen Schauspiel, wie es sich an dem Steinbruch darbot, hatte Haviland in seinem Leben noch nicht beigewohnt.
Die alte, schon seit langem zugewucherte Straße, die vom Grabenweg etwa achtzig Meter weit zu dem Steinbruch führte, sah aus, als wäre eine Herde Büffel hindurchgestürmt.
Eine Dreiviertelstunde, nachdem die Nachricht die Stadt erreicht hatte, schien es, als hätten die Leute von Clayton und die Hälfte der Einwohnerschaft von Lakeview sich am Rand des Steinbruchs eingefunden.
Einer der Armee-Hubschrauber, der bei Morgengrauen unter den allerersten in der Luft war, hatte die Kleidungsstücke und Bücher am Rand des Steinbruchs gesichtet.
Der Pilot war so tief heruntergegangen, daß die seltsamen Objekte identifiziert werden konnten, und sofort wurde der Polizei des Bundesstaates über Funk Meldung gemacht. Daraufhin hatte die panikartige Volksbewegung eingesetzt.
Haviland war es gewohnt, angesichts der Tragödie objektiv zu sein, aber was er sah, riß ihn dann doch in Stücke. Heulend, schreiend stürzten sich Frauen auf die Kleidungsstücke und Bücher und wollten sie untersuchen. Vielleicht lagen nicht alle Kinder in diesem eisigen Grab. Es war nur die Hoffnung der Verzweiflung. Niemand glaubte wirklich daran. Es sah so aus, wie Trooper Teliski gesagt hatte: das Werk eines Wahnsinnigen.
Haviland sammelte an Fakten über den Steinbruch, was er aus dem erschütterten Sheriff Peabody herauskriegen konnte.
»Marmor ist schon immer die Haupteinkommensquelle von Clayton gewesen«, sagte Peabody. »Für die Hälfte der großen Gebäude in New York ist der Marmor aus den Claytoner Steinbrüchen gekommen. Dieser hier ist einer von den

ersten, den die Clayton Marble Company aufgemacht hat. Fast sechs Jahre ist das her. Als sie dann mit neuen anfingen, haben sie den hier stillgelegt.«
Trotz der Kälte schwitzte Peabody. Mit dem Ärmel seines buntkarierten Jägerhemdes wischte er sich über das Gesicht. »Sechzig Fuß steil runter, und glatte Wände«, sagte er. »Sie haben die Blöcke in zehn Fuß hohen Schichten abgetragen, es gibt also ungefähr alle zehn Fuß einen kleinen Vorsprung. Auch wenn er leer wäre, könnte da kein Kind rausklettern.«
Haviland warf einen Blick zu dem Feuerwehrauto hinüber, das angefangen hatte, Wasser aus dem Steinbruch zu pumpen.
»Ziemlich aussichtsloses Unternehmen«, sagte er.
»Durch die Quellen fließt mehr nach als sie rauspumpen können«, sagte Peabody. »Aber es hat keinen Zweck, ihnen das zu sagen. Sie brauchen das Gefühl, irgendwas zu tun.«
Der Mund des dicken Sheriffs war zu einem grimmigen Schlitz verkniffen. »Warum hat Jerry Mahoney nur sowas getan? *Warum?* Vermutlich gibt es nur eine Antwort: Der Vater ist ein bißchen plemplem, und der Junge ist völlig verrückt geworden.«
»Es gibt aber ein paar Dinge, die nicht zusammenpassen«, sagte Haviland. Als er sich eine Zigarette anzündete, merkte er, daß auch seine Hände nicht ganz ruhig waren. Das hysterische Geschrei einer Frau am Rande des Steinbruchs zerrte an seinen Nerven. »Wo ist der Kombi?«
»Er muß ihn hier hochgefahren haben und – und mit den Kindern gemacht haben, was er mit ihnen gemacht hat«, sagte Peabody. »Dann hat er gewartet, bis es dunkel war, und hat sich davongemacht.«
»Aber dieser Teil des Waldes ist gestern vor Einbruch der Dunkelheit abgesucht worden«, sagte Haviland.
»Wir haben ihn irgendwie übersehn, das ist alles«, sagte Peabody verbohrt.
»Ein Kombi für neun Fahrgäste ist ganz schön groß und dürfte schwerlich zu übersehen sein«, sagte Haviland.
»Wir haben ihn halt übersehn«, sagte Peabody. »Weiß der

Himmel wie, aber wir haben ihn übersehn.« Er schüttelte den Kopf. »Ich glaube, das einzige, was hier angebracht ist, sind Schürfeisen. Aus einem von den Steinbrüchen, die noch arbeiten, schicken sie einen Kran rüber. Bis der hier ist, vergeht noch mindestens eine Stunde. Hier wird keiner weggehn, bevor nicht der Grund mit den Schürfeisen abgekratzt ist und die Kinder hochgeholt sind.«

Es sei denn, sagte sich Haviland, der Lynchteufel fährt in sie. Er dachte an einen alten Mann in einer roten Weste, mit einem grünen Halstuch und einem an seinem kleinen Finger blitzenden Diamanten. Er dachte an eine eingeworfene Fensterscheibe – und daran, wie er früher schon den Mob in Aktion gesehen hatte.

Jemand faßte Haviland an den Mantelärmel, und er sah hinab auf das angstverzerrte Gesicht von Elizabeth Deering, Jerry Mahoneys Mädchen.

»Es ist also wahr«, flüsterte sie. Sie hielt sich nur mühsam auf den Beinen und suchte verzweifelt an Haviland Halt.

»Wahr ist, daß man ein paar Dinge gefunden hat, die den Kindern gehören«, sagte er. »Das ist alles, was bis jetzt wahr ist, Miß Deering.« Er staunte selber ein wenig über das, was er gesagt hatte. Er merkte, daß er instinktiv nicht alles glaubte, was sich vor seinen Augen abspielte. »Die ganze Gegend hier ist gestern vor Einbruch der Dunkelheit abgesucht worden«, sagte er. »Da hat niemand irgendwelche Schulbücher oder Mäntel oder Baskenmützen gefunden. Nicht einer hat den Kombi gesehn.«

»Was soll dieses Gerede«, sagte Peabody. Mit schmal gewordenen Augen starrte er Liz Deering an. »Ich will auch nicht glauben, was ich sehe, Mr. Haviland. Aber ich muß wohl.« Die nächsten Worte kamen von diesem dicken Mann mit einer Bitterkeit, die ätzte wie ein Peitschenhieb. »Vielleicht sind Sie die einzige in Clayton, die Glück gehabt hat, Liz. Sie haben rechtzeitig herausgefunden – bevor Sie ihn geheiratet haben –, daß er ein Irrer ist, der Menschen ermordet.«

»Bitte, George!« rief das Mädchen. »Wie können Sie glauben ...«

»Was sonst kann man glauben?« sagte Peabody und wandte sich ab.
Schluchzend klammerte sich Liz Deering an Haviland. Der große Mann blickte über ihren Kopf auf die Leute, die zu Hunderten um den Rand des Steinbruchs standen. Es erinnerte ihn an ein Grubenunglück, das er einmal in Pennsylvania gesehen hatte; eine ganze Stadt wartete oben am Schacht darauf, daß die Toten ans Tageslicht gebracht würden.
»Gehn wir weg von hier«, sagte er mit plötzlicher Energie zu Liz Deering ...

Clayton war eine tote Stadt. Die Geschäfte waren geschlossen. Joes Restaurant war geschlossen. Der Bahnhofsvorsteher hatte zu tun: Dutzende von Telegrammen kamen von Freunden und Verwandten der Eltern der vermißten Kinder. Die zwei Mädchen im Telefonamt gegenüber der Bank waren auf ihrem Posten.
Der alte Mr. Granger, der Kassierer in der Bank, und eine von den Schreibkräften waren die einzigen, die vom gesamten Bankpersonal weiterarbeiteten. Mr. Granger machte die Lohngelder für die Clayton Marble Company fertig. Er wußte nicht, ob der Lastwagen vom Büro der Gesellschaft mit den beiden Wachen auftauchen würde, um das Geld abzuholen, oder nicht.
Sonst arbeitete heute nichts planmäßig. Sogar das Hotel unten an der Straße hatte den Laden dicht gemacht. Einer oder zwei Handlungsreisende waren in die Stadt gekommen, hatten von dem Unglück gehört und waren sofort in den Grabenweg zum Ort der Tragödie weitergefahren. Ein paar wenige, sehr alte Leute kamen hin und wieder vors Haus geschlurft und blickten sorgenvoll die Hauptstraße hinunter in Richtung Grabenweg. Selbst das Krankenhaus war geschlossen. Alle Ärzte und Schwestern der Stadt waren am Unglücksort.
Weiter unten in der Straße war ein Stück Zeitungspapier mit Klebestreifen über das Loch in Pat Mahoneys Vorderfenster geklebt. Pat Mahoney saß in seinem dicken Polstersessel im

Wohnzimmer. Langsam sich vor- und zurückwiegend blickte er in ein aufgeschlagenes Album mit Zeitungsausschnitten, das er auf den Knien hielt. Eine fette schwarze Schlagzeile aus einem Fachblatt des Showbusineß war oben auf eine Seite geklebt.

MAHONEY UND FAYE
BUFFO-NUMMERN IN BUFFALO

Darunter waren Bilder von Pat und Nora in juwelenbesetzten Cowboy-Anzügen, mit ihren gezogenen, direkt auf die Kamera gerichteten Sechsschüssern. Es folgte eine Beschreibung ihres Auftritts, des Tanzes im Dunkeln, wo nur die funkelnden Juwelen und die feuerspuckenden Sechsschüsser zu sehen waren. »Die originellste Nummer dieser Art, die man seit Jahren gesehen hat«, hatte ein Kritiker aus Buffalo geschrieben. »Das schon seit je populäre Paar Mahoney und Faye hat in sein bekanntes Repertoire etwas eingebaut, das dem Theaterpublikum von Küste zu Küste Vergnügen bereiten dürfte. Und so ist es für uns keine Überraschung, wenn wir hören, daß sie einen Vertrag fürs Palace bekommen haben.«

Pat schlug das Album zu und legte es neben sich auf den Fußboden. Aus der Innentasche seiner Jacke holte er eine Brieftasche. Sie war dick voll von Papieren und Visitenkarten. Er war ein Ehren-Elk, ein Ehren-Polizeichef von Wichita im Jahre 1927, ein Friar, ein Lamb.

Sorgfältig geschützt durch eine Zellophanhülle waren ein paar Schnappschüsse. Sie waren jetzt verblichen, aber jeder konnte sehen, daß es Bilder von Nora und Jerry waren, die ihn in verschiedenen Stadien seines Wachstums zeigten. Da war Jerry mit sechs Monaten, Jerry mit einem Jahr, Jerry mit vier Jahren. Und Nora, die sanft auf ihren Sohn herablächelte.

Die Liebe scheint direkt aus den Bildern zu strahlen, dachte Pat.

Pat schob die Bilder zurück und steckte die Brieftasche wieder ein. Er erhob sich aus seinem Sessel und ging zur Treppe.

Leute, die ihn kannten, wären überrascht gewesen. Niemand hatte Pat je gesehen, wenn seine Bewegungen nicht federnd und jugendlich waren. Immer noch konnte er unversehens in ein Steptänzchen verfallen, und dauernd hatte man das Gefühl, er sei drauf und dran es zu tun. Jetzt bewegte er sich langsam, fast als hätte er Schmerzen – ein müder alter Mann, der es vor niemandem zu verheimlichen brauchte, daß er müde und alt war. Es war niemand da, vor dem er es hätte verheimlichen können; Jerry war vermißt, Liz war weg.

Er stieg in den zweiten Stock hinauf und wandte sich der Tür zum Dachboden zu. Er machte sie auf, machte Licht und stieg weiter bis unter die Dachziegel. Dort öffnete er den Kostüm-Koffer, den er Haviland gezeigt hatte. Von der linken Seite nahm er die Cowboy-Ausstattung herunter – den ledernen Beinschutz, die Stiefel, die Weste, das Hemd, den Stetson und den Revolvergürtel mit den zwei juwelenbesetzten Sechsschüssern. Langsam trug er alles in sein Schlafzimmer im zweiten Stock. Dort ging Pat Mahoney daran, sich zu kostümieren.

Schließlich stand er vor dem Spiegel außen an der Badezimmertür, der ihn in voller Größe zeigte. Die hochhackigen Stiefel machten ihn ein paar Zoll länger als sonst. Der Stetson saß in verwegenem Winkel auf seinem Kopf. Die Juwelen auf dem Beinschutz und der Weste glitzerten im Sonnenlicht, das durch das Fenster hereinfiel. Plötzlich machte Old Pat einen Satz, stand breitbeinig da, die aus den Halftern gerissenen Revolver wirbelten schwindelerregend um seine Finger und waren dann direkt auf den Spiegel gerichtet.

»Hände hoch, ihr hasenherzigen Ratten!« brüllte Old Pat. Aus dem Spiegel starrte ihn mit wildem Blick ein juwelenübersäter Revolverheld an.

Dann, langsam, wandte er sich einem Bild in einem Silberrahmen auf seiner Kommode zu. Nora, als ganz junges Mädchen, blickte ihn mit ihrem sanften Lächeln an.

»Das kommt schon in Ordnung, Schatz«, sagte Pat. »Du wirst sehn. Nichts weiter als nochmal ein Auftritt, Schatz. Mach dir man keine Sorgen um deinen Jungen. Solange ich da bin, brauchst du dir keine Sorgen um ihn zu machen. Du wirst sehn.« ...

Es war ein schrecklicher Tag für Clayton, aber Gertrude Naylor, die dienstälteste Telefonistin im Amt, sagte später, daß der vielleicht schlimmste Augenblick für sie der gewesen sei, wo sie Pat Mahoney die Hauptstraße habe herunterkommen sehen – genau auf der Mitte der Straße –, ausstaffiert wie ein verrückt gewordener Cowboy. Er sei langsam gegangen, dauernd nach links und rechts Ausschau haltend, und immer genau auf dem weißen Mittelstreifen.

»Ich hatte das schon hundertmal im Kino gesehn«, sagte Gertrude Naylor hinterher. »Ein Cowboy, der die Straße einer verlassenen Stadt entlanggeht und darauf wartet, daß sein Gegner sich zeigt. Die Hände von Old Pat schwebten genau über diesen verrückten Revolvern in seinem Gürtel, und dauernd rieben sich die Fingerspitzen an seinem Daumen. Ich machte Millie auf ihn aufmerksam, und wir fingen an zu lachen, und dann wurde es auf einmal das Fürchterlichste von allem. Jerry Mahoney hatte diese Kinder ermordet, und da ging sein Vater wie ein verrückt gewordener Clown.«

Der alte Mr. Granger in der Bank reagierte ziemlich genauso, als der betagte, juwelenübersäte Revolverheld sich der Scheibe des Kassierers näherte.

»Guten Morgen, Mr. Granger«, sagte Pat in fröhlichem Ton.

Mr. Granger befeuchtete seine farblosen Lippen. »Guten Morgen, Pat«, sagte er.

»Nicht allzuviel zu tun heute morgen, scheint mir«, sagte Pat.

»N-nein«, sagte Mr. Granger. Der Vater des Killers, herausgeputzt wie ein Kind für den Zirkus. Der is' reif für 'ne Gummizelle, dachte Mr. Granger.

»Da Sie nicht so viel zu tun haben«, sagte Pat, »hätte ich mir gern mal die genaue Aufstellung über die Ein- und Ausgänge meines Kontos von den letzten drei Monaten angesehn.« Während er das sagte, wandte er sich ab, lehnte sich

auf den Zahltisch und spähte durch die Panzerglasscheibe der Bank auf die Straße. Seine Hände blieben in der Nähe der Revolver, und immer noch rieben die Fingerspitzen über die Kuppen der Daumen.
»Sie bekommen doch jeden Monat eine Aufstellung«, sagte Mr. Granger.
»Trotzdem, ich möchte gern die genaue Aufstellung über die letzten drei Monate sehn«, sagte Pat.
»Ich muß ihn bei guter Laune halten, dachte ich«, sagte später Mr. Granger. »Also ging ich nach hinten zur Stahlkammer, um seine Auszüge aus dem Karteikasten zu holen. Ja, und dann war ich grade durch die Stahlkammertür, da sagte er wieder was, in ganz natürlichem Tonfall. ›Wenn ich Sie wäre, Mr. Granger‹, hat er gesagt, ›würde ich die Tür zumachen und da drin bleiben und auf alle Alarmknöpfe drücken, die in Reichweite sind. Hier wird nämlich gleich ein Banküberfall stattfinden, Mr. Granger.‹
Nun, dachte ich, das gehört zu seiner Verrücktheit«, sagte Mr. Granger später. »Ich dachte, er meint, *er* will die Bank ausrauben. Deswegen hat er sich mit diesem Cowboy-Anzug ausstaffiert, dachte ich. Der ist in seine Kindheit zurückgekehrt. Ich hatte Angst, ich dachte, er ist wirklich wahnsinnig geworden. Und so *hab* ich die Stahlkammertür zugemacht und *hab* auf die Alarmanlage gedrückt, nur sie hat nicht funktioniert. Ich wußte da noch nicht, daß alle elektrischen Leitungen zur Bank durchgeschnitten waren.«
Für den Rest der Vorstellung hatten Gertrude und Millie einen Logenplatz. Sie sahen die schwarze Limousine an der Bank vorfahren, sie sahen die vier Männer in dunklen Anzügen und Hüten aussteigen und die Stufen zur Bank hinaufgehen. Zwei trugen kleine Koffer, und die zwei anderen hatten jeder einen Revolver in der Hand.
Da sprangen plötzlich die Türen der Bank auf und ein uralter Cowboy erschien, die Hände auf seinen Revolvern. Er machte einen komischen kleinen Tanzschritt, der ihn in breitbeinige Position brachte. Die vier Männer waren durch seinen Anblick so überrascht, daß sie zu erstarren schienen.

»Hände hoch, ihr hasenherzigen Ratten!« schrie Old Pat. Die Revolver wirbelten aus den Halftern. Plötzlich spuckten sie Feuer, direkt auf die Banditen.
Wie Männer, die von einem sinkenden Schiff springen, tauchten die Banditen in Deckung. Einer von ihnen rannte geduckt zur Ecke des Bankgebäudes. Zwei erreichten die sichere Seite des Autos. Der vierte, der versuchte, ins Auto zurückzukriechen, blieb ungedeckt in der Feuerlinie.
»Das erstemal hab ich über eure Köpfe geschossen!« brüllte Pat. »Noch eine Bewegung, und ihr fahrt zur Hölle!« Wieder wirbelten die Revolver und zielten dann plötzlich auf den ungedeckten Banditen. »Also los, kommt vor und werft eure Kanonen weg!« befahl Pat.
Der Mann in der offenen Feuerlinie gehorchte sofort. Seine Waffe landete wenige Fuß von Pat entfernt schliddernd auf dem Bürgersteig, und langsam hob er die Arme. Pat bewegte sich zollweise auf die Waffe zu.
Die anderen Männer bewegten sich nicht. Und dann sahen Gertrude und Millie, daß der eine, der hinter der Ecke der Bank Schutz gesucht hatte, langsam seinen Revolver hob und in aller Ruhe auf Pat zielte. Die beiden Mädchen schrien auf, so daß Pat den Kopf herumwarf. Im selben Augenblick krachten Schüsse.
Sich die Schulter haltend, ging Old Pat zu Boden. Aber auch der Bandit, der auf ihn geschossen hatte, und einer der Männer hinter dem Auto gingen zu Boden. Dann sahen Gertrude und Millie Mr. Havilands große Gestalt um die Ecke des Hotels nebenan kommen; mit rauchender Pistole in der Hand. Er muß sehr leise gesprochen haben, denn Gertrude und Millie konnten ihn nicht verstehen, aber was er auch gesagt haben mochte, die anderen Banditen gaben auf. Dann sahen sie, wie Liz Deering über die Straße zu Old Pat lief, der dort lag und sich die Schulter mit den Fingern hielt, zwischen denen Blut hervorsickerte ...
Trooper Teliskis Auto raste in halsbrecherischem Tempo und mit Sirenengeheul durch den Grabenweg. Mit quietschenden Reifen bog er schleudernd in die Zufahrt zu dem alten Steinbruch ein, und über Steine hoppelnd, durch Un-

terholz preschend, arbeitete sich der Wagen den holperigen Weg hinauf. Plötzlich ragte vor ihm der Kran aus dem neuen Steinbruch auf, der im Schneckentempo von einem Raupenschlepper gezogen wurde.
Trooper Teliski sprang aus seinem Wagen, holte den Kran ein und schrie im Laufen zu dem Fahrer des Raupenschleppers hinauf.
»Aufhören mit dem Quatsch!« schrie er. Dann rannte er weiter, bis er stolpernd und keuchend in die Lichtung kam, wo Hunderte von Menschen in Grabesstille darauf warteten, daß das Absuchen des Grundes nach den Kinderleichen beginnen würde.
»Herhören!« schrie er. »Alle ma' herhörn!« Halb lachte er, halb erstickte er vor Atemlosigkeit. »Eure Kinder sind nicht da unten! Sie sind in Sicherheit. Sie sind in Sicherheit – alle, die Kinder, Jerry Mahoney, alle! Sie sind nicht da unten. Sie sind eher zu Hause als ihr! Eure Kinder ...« Und da fiel er vornüber aufs Gesicht und sog japsend die feuchte, nach Lehm riechende Luft ein.
Zwanzig Minuten später war Clayton ein Irrenhaus. Die Leute rannten, fuhren, hingen auf Trittbrettern und Stoßstangen. Und mitten in der Stadt, direkt gegenüber der Bank, stand ein großer Kombi mit einem gelben Schulbus-Schild auf dem Dach, und Kinder quollen daraus hervor und winkten und riefen ihren lachenden und weinenden Eltern zu. Und ein schöner junger Ire mit hellblauen Augen stand engumschlugen mit Elizabeth Deering ...

Havilands Finger zitterten leicht, als er sich eine Zigarette anzündete. Es war noch nicht Mittag, und er war schon bei seinem dritten Päckchen.
»Sie können noch nicht rein«, sagte er zu Jerry Mahoney. »Der Arzt ist bei ihm. In ein paar Minuten.«
»Ich kapier das immer noch nicht«, sagte Jerry. »Die Leute haben geglaubt, ich hätte den Kindern was getan?«
»Du weißt nicht, was hier los war«, sagte Liz Deering, sich fest an seinem Arm klammernd.
Jerry Mahoney wandte sich um und sah die mit Zeitungspa-

pier überklebte, eingeworfene Scheibe. Sein Gesicht verhärtete sich.
»Versuchen Sie, mir das mit Vater zu erzählen; so wie's war, mit einfachen Worten«, sagte er.
Haviland schüttelte den Kopf, lächelnd wie jemand, der es immer noch nicht fassen kann. »Ihr Vater ist ein erstaunlicher Mann, Mr. Mahoney«, sagte er. »Sein Verstand arbeitet auf seine eigene, besondere Weise ... Das Verschwinden des Busses hat völlig anders auf ihn gewirkt als auf die meisten Leute. Er sah einen Zaubertrick darin, und so, als wäre es ein Zaubertrick, hat er auch darüber nachgedacht – oder jedenfalls, als wäre es der *Teil* eines Zaubertricks. Er hat mir das gesagt, aber ich wollte nicht hören. Er hat gesagt, die Aufgabe eines Zauberers ist die, einen dahin zu bringen, daß man das denkt, was er will, daß man denkt, und daß man sieht, was er will, daß man sieht. Das Verschwinden der Kinder, das entsetzliche Vortäuschen ihres Todes im Steinbruch – das bedeutete für Ihren Vater nur eins, Mr. Mahoney. Irgend jemand wollte, daß alle Einwohner von Clayton die Stadt verlassen. Warum?
Es gab nur einen Grund, den sich Ihr bemerkenswerter Vater denken konnte. Die Lohngelder für die Steinbrucharbeiter. Fast einhunderttausend Dollar in bar, und in der ganzen Stadt keine Menschenseele, die darauf aufpaßt. Alle würden sie auf der Suche nach den Kindern sein, und alles, was die Banditen zu tun hätten, wäre, in die Bank zu marschieren und sich das Geld zu nehmen. Keine Polizei, nichts, was ihnen hätte in die Quere kommen können.«
»Aber warum hat Vater Ihnen seine Vermutung nicht mitgeteilt?« fragte Jerry.
»Sie wissen noch nicht, was hier los war, Mr. Mahoney«, sagte Haviland. »Die Leute haben gedacht, Sie hätten den Kindern was angetan; sie bildeten sich ein, Ihr Vater würde was davon wissen. Wenn er seine Geschichte erzählt hätte, selbst mir, ich hätte gedacht, entweder hat er'n Knall oder er will Sie decken. Und so hat er den Mund gehalten – obgleich er mir gegenüber so manches durchblicken ließ. Und plötzlich war er, wie gedacht und gewollt, allein in der Stadt. Er

ging also auf den Boden, zog sich diese Cowboy-Sachen an und ging, so gelassen wie man sich das nur wünschen kann, zur Bank, um die Banditen zu empfangen, die, wie er wußte, kommen mußten. Und sie kamen.«

»Aber warum der Cowboy-Anzug?« fragte Liz Deering.

»Ein seltsamer und wundervoller Verstand«, sagte Haviland. »Er dachte, er müsse einen so verdrehten Anblick bieten, daß es die Banditen ein bißchen aus dem Gleichgewicht bringen würde. Er dachte, wenn er anfängt, mit seinen Colts loszuballern, brechen sie vielleicht in Panik aus. Und fast wär's so gekommen.«

»Was ich nicht verstehe«, sagte Liz, »ist, warum er keinen getroffen hat, wenn er direkt auf sie feuerte!«

»Das waren Bühnenrevolver – Requisitencolts«, sagte Jerry. »Die gehn nur mit Platzpatronen.«

Haviland nickte. »Er dachte, er kriegt sie dazu, die Revolver wegzuwerfen, und dann hätte er eine richtige Waffe gehabt und wäre mit ihnen fertig geworden. Fast hätt es geklappt. Aber der eine, der hinter der Ecke des Gebäudes in Dekkung gegangen war, kriegte ihn sauber vors Rohr. Glücklicherweise bin ich genau im selben Moment dazugekommen, und ich hatte sie alle von hinten.«

»Aber wieso sind Sie grade aufgetaucht?« fragte Jerry.

»Ihr Vater ging mir nicht aus dem Kopf«, sagte Haviland. »Er schien zu wissen, was passieren würde. Er hatte gesagt, alle würden unterwegs sein auf der Suche nach den Kindern, ganz gleich, ob ich ihnen nun sagte, sie sollten zu Hause warten, oder nicht. Plötzlich wollte ich wissen, warum er das gesagt hatte.«

»Gott sei Dank«, sagte Jerry. »Und dann haben Sie sie dazu gekriegt, daß sie sagten, wo sie uns versteckt hatten?«

Haviland nickte. »Ich weiß immer noch nicht genau, wie sie das gemacht haben, Jerry.«

»Das war kinderleicht«, sagte Jerry. »Ich war mit den Kindern unterwegs nach Hause, ungefähr eine Meile im Grabenweg. Grade war Karl Dickler, in der andern Richtung fahrend, an uns vorbeigekommen, als vor mir auf der Straße ein großer Sattelschlepper auftauchte, ähnlich wie ein Mö-

belwagen. Er stand, und hinten machten sich ein paar Männer was zu schaffen.
Die haben Panne, dachte ich und hielt an. Auf einmal hielten sie mir und den Kindern Schießeisen vor. Geredet haben sie nicht viel. Sie sagten bloß, ich soll machen, was sie sagen. Sie machten hinten die Türen auf und zogen eine Rampe runter. Dann befahlen sie mir, den Kombi da raufzufahren. Wenn die Kinder nicht gewesen wären, hätte ich vielleicht versucht, irgendwie abzuhaun, so aber bin ich da reingefahren. Sie machten die Türen zu und basta, ab ging's. Sie sind mit uns davongefahren, direkt durch die Hauptstraße der Stadt hier!«
Haviland schüttelte den Kopf. »Ein alter Trick. Hundertmal praktiziert damals in den Schnapsschmugglertagen. Und ich hab einfach nicht dran gedacht!«
»Keine zehn Minuten später haben sie uns in diese große verlassene Scheune auf dem Haskell-Grundstück gefahren. Da waren wir die ganze Zeit eingeschlossen. Zu den Kindern waren sie wirklich anständig – heiße Würstchen, Eis, Limonade.
Wir warteten da also einfach, wußten nicht warum, aber niemand war verletzt, und die Kinder hatten nicht halb so viel Angst, wie ihr vielleicht denkt«, lachte Jerry. »Oh, wir sind sehr wohl aus dem Grabenweg rausgekommen – und vor der Nase der Leute durch die Stadt gefahren. Aber niemand hat uns gesehn.«
In der Tür erschien der Arzt. »Sie können jetzt eine Minute zu ihm rein, Jerry«, sagte er. »Ich mußte ihn ziemlich stark betäuben. Hab ihm die Kugel aus dem Arm geholt, und das hat ein bißchen wehgetan. Er ist jetzt ganz schön müde – aber ich glaube, es wird ihm guttun, wenn er Sie sieht. Aber bleiben Sie nicht so lange.«
Jerry sprang die Treppen hinauf und in das Schlafzimmer, wo mit sehr blassem Gesicht und halb geschlossenen Augen Pat Mahoney lag. Jerry kniete am Bett nieder.
»Vater«, flüsterte er, »du verrückter alter Hund!«
Pat öffnete die Augen. »Bist du okay, Jerry?«
»Okay, Vater.«

»Und die Kinder?«
»Auch. Kein Haar ist ihnen gekrümmt worden.« Jerry streckte seine Hände aus und legte sie auf Pats Hände. »Da schau her. Unser Two-Gun-Mahoney ...«
Pat grinste ihn an. »Es war eine Buffo-Nummer, Jerry. Eine echte Buffo-Nummer.«
»Na klar«, sagte Jerry. Er wollte etwas sagen, sah aber, daß Pat an ihm vorbei auf einen Silberrahmen auf der Kommode blickte.
»Ich hab dir gesagt, es würde in Ordnung kommen, Schatz«, flüsterte Pat. »Ich hab dir gesagt, du brauchst dir keine Sorgen zu machen um deinen Jungen, solange ich da bin.« Dann grinste er Jerry an, seine Augen schlossen sich, und er war eingeschlafen.
Auf Zehenspitzen verließ Jerry das Zimmer, um zu seinem Mädchen zu gehen.

Aus dem Englischen von Wulf Teichmann

Ellery Queen: Die schwarze Kladde

Der Fall mit der schwarzen Kladde war einer der wichtigsten Fälle, die Ellery je übernahm; selbst die verhältnismäßig geringe Mühe, die dabei aufzuwenden war, änderte nichts an seiner eigentlichen Bedeutung. Sachlich bestand Ellerys Aufgabe in der Tat nur darin, einen Laufburschen zu spielen und die Kladde von New York nach Washington zu überbringen.

Weshalb die Überbringung eines kleinen Kontobuches ein Problem darstellte, weshalb Ellery und nicht ein Beamter des FBI der Überbringer war, weshalb er seine Aufgabe freiwillig allein und sogar ohne Mitnahme einer Waffe durchführte – die Antworten auf diese schwerwiegenden Fragen sind eine Sache für sich, die aber nicht hierher gehört. Unsere Geschichte jedenfalls beginnt dort, wo jene andere endete ...

Rein äußerlich war die schwarze Kladde, deren Anschaffungspreis ungefähr drei Dollar betragen haben mochte, keineswegs aufsehenerregend. Sie hatte die üblichen steifen schwarzen Buchdeckel mit Ecken und Rücken aus schwarzem Kunstleder – etwas abgeschabt vom Gebrauch, wie dies bei allen vielbenutzten Kontobüchern der Fall zu sein pflegt –, maß etwa fünfzehn mal zweiundzwanzig Zentimeter und enthielt zweiundfünfzig dicke, schon ein bißchen angeschmuddelte und lappig gewordene Seiten mit der üblichen aufgedruckten roten und blauen Liniierung. Und doch stellte sie eines der schändlichsten Bücher in der Bibliothek der amerikanischen Kriminalistik dar. Denn auf den vorgedruckten Linien jener zweiundfünfzig angeschmuddelten Seiten standen die Namen und Adressen sämtlicher wichtigen Rauschgiftverteiler aus allen großen, mittleren und kleineren Städten der USA verzeichnet, geschrieben von der Hand des Chefs der Rauschgifthändlerorganisation.

Infolge der ständig wachsenden Rauschgiftsucht, die den Charakter einer Epidemie anzunehmen drohte, hatten die zuständigen Bundesbehörden ein brennendes Interesse an diesem einzigartigen Namensverzeichnis. In den Händen derer, für die es nicht bestimmt war, also der zuständigen Bundesbehörden, mußte das Verzeichnis zur vernichtenden Waffe gegen den gesamten Rauschgifthandel werden; daher stand fest, daß das verderbte Scheusal an der Spitze jener geheimen Organisation vor buchstäblich nichts zurückschrecken würde, wenn es die Überbringung der schwarzen Kladde nach Washington zu verhindern galt. Die FBI-Beamten, denen die Erbeutung des Buches zu danken war, hatten für ihren Triumph mit dem Leben bezahlen müssen; doch als dies geschah, befand sich das Buch für den Augenblick sicher in New York.

So standen die Dinge, als Ellery an dieses Problem geriet.

Das Haus, in dem er die schwarze Kladde in Augenschein nahm, die angetragene Mission akzeptierte, seine Pläne entwickelte und entsprechende Vorbereitungen veranlaßte, stand – dessen durfte man sicher sein – unter schärfster Überwachung durch die Gegenseite. Der Chef dieser kontinentweiten Organisation war kein billiger Verbrecherbandenführer. Er war ein Genius des Bösen, ein Dämon mit ungeheuren Machtmitteln, verhängnisvoll weitreichenden Beziehungen und unerschöpflichen Hilfsquellen. Normale Polizeimethoden waren ihm gegenüber zum Scheitern verdammt; im übrigen wollte man es nicht auf eine Kraftprobe ankommen lassen, weil dabei die ganze nähere Umgebung in ein blutiges Schlachtfeld verwandelt und das Leben zahlreicher unschuldiger Passanten gefährdet worden wäre. Ellerys Plan hingegen schien recht günstige Erfolgsaussichten zu bieten, ohne deswegen mehr als ein individuelles Risiko zu fordern.

Ein Salonabteil im nächstfälligen »Capitol-Expreß«, dem Salonwagenzug von New York nach Washington, wurde telefonisch für ihn bestellt, und zur angemessenen Zeit begab

sich Ellery aus dem Haus, in dem die Beratung über seine Mission stattgefunden hatte, auf die Straße hinab.
Der Herbsttag war grau und regendrohend, und Ellery hatte einen zusammengerollten Regenschirm mit dicker Bambuskrücke über den linken Arm gehängt. Er trug einen eleganten Borsalino und einen gefütterten Übergangsmantel und hatte eine Aktenmappe bei sich. Daß sein Lebensflämmchen von dem Augenblick an, da er seinen Fuß auf das Gehsteigpflaster setzte, sozusagen dem Erlöschen entgegenflackerte, schien ihm nicht bewußt zu sein. Behaglich seine große gebogene Bruyèrepfeife rauchend, trat er an den Rand des Gehsteiges und blickte umher, als hielt er Ausschau nach einem Taxi.
Zweierlei geschah gleichzeitig: Ellerys Arme wurden von hinten gepackt, eine große Limousine sauste heran und kam unmittelbar vor ihm an der Bordschwelle zum Stehen.
Im nächsten Moment befand er sich in der Limousine – Gefangener von vier bulligen Kerlen, deren absolutes Schweigen beunruhigender war, als Drohungen es hätten sein können.
Er war nicht überrascht, als die Limousine nach kurzer, schneller Fahrt neben einem Seiteneingang des Pennsylvania-Bahnhofs hielt und drei seiner vier schweigsamen Entführer ihn ohne jeglichen Kommentar zum »Capitol-Expreß«, Waggon Nr. 5, und dortselbst zum Salonabteil A geleiteten, das telefonisch für ihn reserviert worden war. Zwei der Männer betraten mit ihm das Abteil, der eine von ihnen riegelte die Tür von innen ab; die Fensterblenden des Abteils waren bereits heruntergezogen.
Wie Ellery dies vermutet hatte, wartete hier der Genius des Bösen auf ihn. Er saß in einem der Lehnstühle – ein untadelig gekleideter Mann mittleren Alters mit strähnigem, weißlich-grauem, in der Mitte gescheiteltem Haar und rotumränderten, fiebrig wirkenden Augen. Dieses Scheusal ist Millionär, schoß es Ellery durch den Sinn – ein Millionär, der seine Millionen gemacht hat, indem er den Willen, die Gesundheit und die Zukunft Tausender und Abertausender von Narren zerstörte.

Jugendliche bildeten einen erschreckend hohen Prozentsatz seiner Opfer.

Und Ellery sagte: »Natürlich hatten Sie das Telefon angezapft.«

Der Rauschgiftkönig antwortete nicht. Er warf einen schrägen, fragenden Blick auf den größeren seiner zwei Gorillas, den mit der eingeschlagenen Nase.

Boxernase berichtete mit heiserer, beflissener Stimme: »Er hat zu niemand gesprochen, als er herauskam. Keiner kam ihm nahe. Er hat nichts berührt. Er hat nichts fallen lassen.«

Das Scheusal im Lehnstuhl schaute zum zweiten Gorilla, dem mit dem Tic am rechten oberen Augenlid.

»Keiner is' uns gefolgt«, sagte Tic. »Niemand sonst is' beim Seitenausgang ausgestiegen. Und Al hält beim Zugtelefon im Speisewagen Wache.«

Die fiebrigen Augen richteten sich auf Ellery. »Sie möchten Ihr Leben behalten?« Das Scheusal hatte eine weiche, weibische Stimme.

»Wie jeder von uns«, antwortete Ellery, den es einige Mühe kostete, seine Zunge vor dem Stammeln zu bewahren.

»Schön. Dann rücken Sie es heraus.«

Ellery schluckte und rang sich die Frage ab: »Oh, bitte – wie soll ich das verstehen?«

Boxernase grinste und reckte erwartungsvoll die Schultern, aber das Scheusal gebot: »Nein. Sieh erst mal in seiner Aktenmappe nach!«

Boxernase griff sich Ellerys Aktenmappe und entleerte ihren Inhalt auf den Boden. Es handelte sich um einen einzigen Gegenstand – ein druckfrisches Exemplar des dicken Telefonbuchs von New York-Manhattan.

»Sonst nichts in der Mappe?«

»Nich' der kleinste Krümel.« Boxernase warf die leere Mappe zur Seite, hob das Telefonbuch auf, schüttelte es, ohne daß etwas herausfiel, und durchblätterte es dann zweimal.

»Komisches Ding für um in 'ner Mappe mitgeschleppt zu werden«, kommentierte Tic.

»Meine bevorzugte Reiselektüre«, erklärte Ellery. Er fühlte das dringende Verlangen, um ein Glas Wasser zu bitten, vermochte es aber zu unterdrücken.
»Nich' hier drin«, verkündete Boxernase und legte das Telefonbuch aus der Hand.
»Seinen Mantel und Hut.«
Boxernase langte sich den Mantel von Ellerys Schultern und schüttelte ihn aus wie ein Bündel trockener Schoten. Tic untersuchte währenddessen den Borsalino.
»Kann doch nich' hier im Hut sein«, brummte Tic, »wäre ja viel zu groß.«
»Mit Einband schon«, meinte Boxernase. »Aber der is 'n schlauer Hund. Hat die Seiten 'rausgerissen und zusammengeknautscht.«
»Na hör mal«, protestierte Tic, »zweiundfünfzig Seiten!«
Das Scheusal sagte nichts. Sein Blick war auf den eingerollten Regenschirm gerichtet, den Ellery einstweilen noch behalten hatte. Plötzlich beugte er sich nach vorn, entriß Ellery den Schirm, zog vorsichtig die Hülle herunter, drückte nicht minder vorsichtig auf den Knopf, spannte den Schirm auf, schaute hinein, klappte ihn wieder zu und hängte ihn hinter sich an die Sessellehne.
»Nichts im Mantel«, verkündete Boxernase. Das Mantelfutter lag in Fetzen um ihn herum; die Taschen hatte er nicht nur umgestülpt, er hatte auch das Taschenfutter aufgerissen, ebenso sämtliche Säume; der Mantel taugte allenfalls noch für eine Vogelscheuche.
»Zieht ihn aus.«
Ellery fühlte seine Knie einknicken unter dem Druck von Boxernases Pranken, die sich auf seine Schultern legten, um jeden möglichen Widerstand im Keim zu ersticken. Tic besorgte das Ausziehen; er tat es ohne alle Freundlichkeit. Fieberauge beobachtete die Entkleidungsszene mit der gnadenlosen Geduld eines Krokodils.
»Laßt mir wenigstens meine Shorts!« flehte Ellery.
Sie ließen ihm nichts. Splitterfasernackt, wie er war, bekam er schließlich die Erlaubnis, sich mit dem Wrack seines Mantels zu umhüllen, auf einem Stuhl Platz zu nehmen und seine

Pfeife zu rauchen. Es schmeckte nach erhitztem Metall, aber es gewährte ihm Trost.

Was sich bisher abgespielt hatte, war das Werk weniger Minuten gewesen. Gerade in dem Augenblick, da Ellery nach dem Manhattan-Telefonbuch griff, um auch hierin ein bißchen Trost zu suchen, setzte sich der »Capitol-Expreß« in Bewegung und verließ den New Yorker Pennsylvania-Bahnhof. Ellery wußte, daß Zugführer und Schaffner von Rauschgiftskönigs dienstbaren Geistern unter Kontrolle gehalten wurden; es würde also keine Störungen geben, bis sie Washington erreichten – sofern er, Ellery, dies tatsächlich noch erleben sollte.

Aber er hatte sich geirrt. Schon beim ersten Halt des Zuges, in Newark, ertönte ein Klopfzeichen an der Abteiltür. Boxernase öffnete die Tür, und ein weiterer Mann betrat das Salonabteil. Boxernase nannte ihn Doc.

Doc, ein fetter kleiner Mann mit dreifachem Kinn, doch dafür ohne jedes Haar auf dem Kopf, trug ein schwarzes Köfferchen bei sich. Er beäugte Ellery mit der munteren Hoffnungsfreudigkeit eines Anatomieprofessors, der sich dem Kadaverbehälter im Seziersaal nähert.

Ellery packte das Manhattan-Telefonbuch wie einen Schutzschild mit beiden Händen und verhakte vorsichtshalber seine Füße um die Stuhlbeine, als er sah, daß Doc dem Köfferchen ein Gerät entnahm, welches ihn fatal an eine Apparatur erinnerte, mit der man ihn in fernen Kindheitstagen, vornehmlich um die Weihnachtszeit, wenn er sich an Nußkuchen und anderen schwerverdaulichen Dingen überfressen hatte, hinterrücks zu erleichtern pflegte.

Der »Capitol-Expreß« donnerte durch New Brunswick, als Doc, geschäftig am Werk, sich scherzend als einen unerbittlichen Enthüller innerer menschlicher Werte bezeichnete und mit dem Bemerken, manche Leute hätten eben einen wahren Straußenmagen, sein Opfer einem zweiten Verfahren unterwarf, diesesmal aus entgegengesetzter Richtung.

Zur Zeit, da der Zug in den Bahnhof von Trenton einfuhr, scherzte Doc allerdings nicht mehr; er transpirierte stark und sah recht angegriffen aus. Sein Köfferchen schließend,

erstattete er dem Scheusal im Lehnstuhl mit gequälter Stimme Bericht.
Beide Befunde, der dorsale wie der frontale, waren negativ.
Das Scheusal wandte sich an Tic: »Geh zu Al und sag ihm, er soll Phil antelefonieren. Ich brauche Jig mit der gewohnten Ausrüstung.«
Tic ging hinaus. Das Scheusal blickte zu Ellery, der bleich und hohl, wieder in das Mantelwrack gehüllt, auf einem Stuhl hockte und ohne sonderliche Begeisterung seine Pfeife anzündete. Mit einem dämonischen Lächeln zeigte das Scheusal seine falschen Zähne und erläuterte milde: »Von wegen unsichtbarer Schrift – verstehen Sie? Man kann ja nie wissen.«
Jig stieg in Philadelphia-Nord zu. Er war ein langer, knochiger Mann mit Hängeschultern und einem Klumpfuß.
Beim Passieren von Wilmington gaben Boxernase und Jig einen Abschlußbericht über ihre vereinten Bemühungen.
Die schwarze Kladde, ganz oder in Einzelstücke zerlegt, konnte auch nicht in Ellerys Anzug verborgen gewesen sein; die traurigen Ruinen von Ellerys Jackett und Hose bezeugten dies. Sein Hemd, Schlips, Unterhemd, die Unterhose und die Socken waren gründlichst untersucht worden. Seine Schuhe hatten die beiden Schergen förmlich auseinandergenommen, indem sie das Oberleder vom Hacken bis fast an die Spitze von der Brandsohle und die Brandsohle ebenso weit von der Laufsohle lösten und das Futter herausrissen; übriggeblieben waren traurige Schlappen, mit denen jeder Zirkusclown Sonderapplaus erzielt hätte. Selbst Ellerys Hosengürtel, der aus einem einzigen ungefütterten Streifen Rindleder bestand, war der Länge nach aufgeschlitzt worden.
Ellerys gesamter Tascheninhalt lag übersichtlich auf dem Tisch ausgebreitet. Von den Geldstücken und den Schlüsseln wurde vernünftigerweise vorausgesetzt, daß sie massiv seien und keiner inneren Untersuchung bedürften. Die Brieftasche enthielt siebenundneunzig Dollar in Banknoten, einen eingelösten Wechsel, Ellerys Lizenzkarte als Pri-

vatdetektiv für den Bereich von New York, eine Beitragsquittung des Schriftstellerverbandes, fünf Geschäftskarten sowie sieben Notizzettel mit Ideen für Kriminalstories. Sein Scheckbuch war Blatt für Blatt genau geprüft worden, einschließlich der Abschnitte bereits entnommener Schecks. In seinem Tabaksbeutel war nichts zu finden gewesen als Tabak. Ein ungeöffnetes Päckchen Zigaretten wurde geöffnet und entleert, enthielt aber nichts weiter als völlig unschuldige, fabrikfrische Zigaretten ohne jede Spur von Fremdkörpern im Tabak oder von unsichtbaren Schriftzeichen auf dem Papier. Der Brief eines Verlegers, in dem Ellery gemahnt wurde, seit drei Wochen überfällige Korrekturabzüge endlich zurückzuschicken, bestand die Prüfung unter Jigs Gerät als unverdächtig, ebenso ein Brief mit der Unterschrift »Ihr Freund Joe«, in welchem »Joe«, Bewohner der Nervenheilanstalt Happydale, androhte, Ellery zu ermorden, falls er – Ellery – ihn – Joe – nicht davor bewahre, weiterhin von einem furchtbaren Feind gepeinigt zu werden, nämlich den Werbesendungen im Fernsehen. Letzteres Schreiben entlockte dem Scheusal ein flüchtiges Lächeln und die gemurmelte Bemerkung: »Warum eigentlich Nervenheilanstalt?«
Jig fingerte verlegen an seinem Adamsapfel herum und beteuerte, daß nichts von und an diesem Burschen – damit meinte er Ellery – geheime Schriftzeichen enthalte. Nichts, einschließlich der Epidermis dieses Burschen; wahrhaftig, Jig gebrauchte dieses Wort!
Zu dieser Zeit näherte sich der Zug der Stadt Elkton in Maryland.
Das Scheusal kaute schweigend auf seiner Unterlippe herum und starrte nachdenklich vor sich hin.
»Vielleicht«, versuchte Boxernase, »vielleicht hat er die Namen im Kopf – huh?«
»Jaa!« Jig wirkte erleichtert. »Die Kladde kann immer noch sicher bei denen in New York liegen, und er hat die Namen allesamt im Kopf!«
Das Scheusal blickte indigniert auf. »Die Kladde hat zweiundfünfzig Seiten, und auf jeder Seite stehen achtundzwan-

zig Namen. Das gibt fast fünfzehnhundert Namen nebst Adressen. Wer ist er schon – etwa Einstein?«
Nach kurzem Überlegen wandte sich das Scheusal an Ellery: »Dieses Telefonbuch, das Sie da wieder auf den Knien liegen haben – was ist der Witz daran?«
Ellery stopfte, um seinen Fingern etwas zu tun zu geben, eine neue Ladung Tabak in seine Pfeife. »Manche Leute«, sagte er dabei, »entspannen sich, indem sie Kriminalstories lesen. Ich kann das nicht – ich *schreibe* Kriminalstories. Mir bietet die Lektüre des Telefonbuchs Entspannung.«
»Darauf nehme ich Gift!« höhnte das Scheusal. »Jig, sieh dir das Buch noch mal an!«
Boxernase schnappte sich den dicken Wälzer von Ellerys Knien und reichte ihn Jig.
»Aber ich hab's doch schon wegen unsichtbarer Schrift geprüft«, sagte Jig.
»Zur Hölle mit unsichtbarer Schrift! Wir sind hinter einer Liste mit Namen her. Und in einem Manhattan-Telefonbuch findest du jeden Namen, den du brauchst. Du sollst jetzt auf Markierungen neben oder unter den Namen achten – Nadelstiche, Bleistiftpünktchen, Ritzer mit dem Fingernagel, irgend etwas dieser Art.«
Jig nickte und begann mit der Arbeit.
»Meine Zündhölzer sind alle«, ließ Ellery sich mit klagender Stimme vernehmen. »Würde vielleicht einer der Gentlemen so freundlich sein, mir Feuer für meine Pfeife zu geben?«
Das Scheusal warf ihm ein Briefchen Zündhölzer zu.
Sie näherten sich bereits den Vororten von Washington, als Jig mit der neuen Untersuchung des Telefonbuches fertig war. »Keine Markierungen«, murmelte er, »keine Nadelstiche, keine Bleistiftpünktchen, keine Ritzer mit dem Fingernagel, gar nichts. Das Buch ist so unberührt, wie's aus der Druckerei kam.«
»Und kein einziger hat versucht, das Haus in New York zu verlassen, das wir beschatten«, sagte Tic, der vor wenigen Minuten wieder einmal zu Al in den Speisewagen gegangen war und eben zurückkehrte. »Al hat eben noch mal telefoniert.«

Das Scheusal im Lehnstuhl äußerte nachdenklich: »Demnach war der hier also doch nur ein Lockvogel. Die lieben Leutchen haben ihn losgeschickt, um uns zu beschäftigen, während sie in aller Ruhe warten, bis es Zeit ist, den richtigen Mann auf den Weg zu bringen. Wenn sich bisher auch noch nichts gerührt hat – früher oder später wird der andere versuchen, sich aus dem Haus zu schleichen ... Tic, geh noch mal zu Al. Er soll New York anrufen und Lefty sagen, wenn ihm einer durch die Lappen ginge, könnte er schon immer anfangen, sich ganz gemütlich die eigene Kehle aufzuschneiden ... So, und Sie«, das Scheusal blickte zu Ellery, »Sie können sich jetzt wieder anziehen.«

Der »Capitol-Expreß« rollte in den Zentralbahnhof von Washington ein, als Ellery – eher einem sturmzerzausten Landstreicher ähnlich als einem achtbaren Gentleman-Schriftsteller und Privatdetektiv – seinen Regenschirm über den linken Arm hängte und sich mit banger Wehmut erkundigte: »Habe ich nun doch noch einen Schuß in den Rücken zu erwarten, wenn ich gehe? Oder ist alles ausgestanden?«

»Eine kleine Frage noch – wenn es Ihnen nichts ausmacht«, sagte das Scheusal.

»Ja – äh und sie wäre?« murmelte Ellery und tastete mit der freien Hand nervös an seinem Regenschirm herum.

»Wohin gedenken Sie mit diesem schönen Regenschirm zu gehen?«

»Mit diesem Regenschirm – wieso?« Ellery versuchte, ein völlig unschuldiges Gesicht zu zeigen. »Sie – äh – Sie selbst haben ihn ja schon untersucht und –«

»Also doch der Schirm!« rief das Scheusal, und die weibische Stimme hatte einen bösartigen Unterton. »Ich habe ihn untersucht, gewiß – aber am falschen Ende! In der Bambuskrücke steckt die Liste! Sie haben die Seiten aus der Kladde gerissen und zusammengerollt in die hohle Schirmkrücke gestopft! Nehmt ihm den Schirm ab!«

Ellery, von Tic in stahlhartem Griff gehalten, mußte schmerzerfüllt mitansehen, wie Boxernase die schöne dicke Schirmkrücke demolierte.

Und als das Vernichtungswerk vollendet war, bedeckten zwar zahlreiche Bambusrohrsplitter den Teppich des Salonabteils, aber gefunden worden war nichts.
Der Zug war zum Stehen gekommen. Draußen ertönten Rufe: »Zentralbahnhof Washington, Endstation! Alles aussteigen, bitte!«
Das Scheusal erhob sich aus dem Lehnstuhl, seine fiebrigen Augen schienen Funken zu sprühen. »Jetzt schafft mir diesen Clown aber vom Halse!« krächzte es ärgerlich. »Schmeißt ihn schleunigst hinaus!«
Sechsundzwanzig Minuten später wurde Ellery in das Privatbüro eines sehr wichtigen Ressortchefs einer sehr wichtigen Behörde in einem sehr wichtigen Gebäude des Regierungsviertels von Washington geleitet.
»Ich bin der Bote aus New York«, sagte Ellery, »und ich bringe Ihnen, wie angekündigt, die schwarze Kladde.«

Ellery sah das Scheusal erst bei der Verhandlung vor dem Obersten Bundesgerichtshof wieder. Sie begegneten sich während einer Verhandlungspause im Korridor. Der Rauschgiftkönig war umringt von Justizbeamten, Anwälten und Journalisten und sah, ungeachtet aller Eleganz, genau wie ein Verbrecher aus, der sich über sein Schicksal keine Illusionen mehr macht. Nichtsdestoweniger leuchtete es in seinem Gesicht freudig auf, als er Ellery erblickte. Er stieß einige der Leute beiseite, die ihn umringten, eilte auf Ellery zu, nahm ihn beim Arm und zog ihn in eine stille Korridorecke.
»Bleibt mir eine Minute vom Leibe!« rief er den anderen zu. Dann wandte er sich an Ellery. »Queen«, sagte er in beinah kläglichen Tönen, »Sie haben, wie die Dinge liegen, zwar wenig Anlaß dazu, aber Sie *müssen* mir einen Gefallen tun! Diese Sache macht mich sonst noch verrückt! Seit Sie mich damals überlistet haben, zerbreche ich mir den Kopf, wie Ihnen das gelungen sein könnte. Es war nicht an Ihnen, es war nicht in Ihnen, es war weder in dem Telefonbuch noch in Ihrem Schirm. Wo war es bloß? Bitte, Queen – würden Sie mir das verraten?«

»Es ist nicht meine Art, einen Mann zu treten, der schon am Boden liegt«, erwiderte Ellery kühl, »selbst dann nicht, wenn es sich um ein so ruchloses Scheusal handelt wie Sie. Freilich werde ich es Ihnen verraten ... Das Telefonbuch und der Schirm waren natürlich nur irreführende Staffagen. Ich hatte doch dafür zu sorgen, daß Sie mit Ihrer eigenen Klugheit beschäftigt blieben. Im übrigen verließ der Inhalt der Kladde sozusagen niemals meine Hand.«

»Was – äh – was wollen Sie mir da einreden?« stammelte das Scheusal. »Das – das kann doch nicht Ihr Ernst sein!«

»Sie haben es Ihrer geläufigen Vorstellung vom Format der Kladde und dem Umfang ihres Inhalts zu verdanken, daß Sie einem Phantom nachjagten. Ihnen ist überhaupt nicht eingefallen, daß beides, äußeres Format und Umfang des Inhalts, sich verringern läßt.«

»Heh?«

»Mikrofilm«, erklärte Ellery. »Ein knapper Viertelmeter Mikrofilm genügte, um alle zweiundfünfzig Seiten der Kladde abzufotografieren. Um einen halbierten Zahnstocher zu einem festen Spindelchen zusammengedreht –«

»Aber«, unterbrach das Scheusal verwirrt, »Sie sagten doch – in Ihrer Hand! Ich würde eine Million zu eins wetten, daß Sie damals kein noch so winziges Etwas in Ihrer Hand verborgen halten konnten!«

»Auf ein so törichtes Risiko, es in der nackten Hand zu halten, hätte ich mich auch kaum eingelassen«, sagte Ellery. »Nein, das kunstvoll um den halbierten Zahnstocher gewikkelte Filmspindelchen war in etwas Bestimmtem – genauer gesagt, in zwei bestimmten Dingen. Und auf der ganzen unterhaltsamen Reise von New York nach Washington habe ich häufig genug, wann immer es nötig war, ein brennendes Zündholz daran gehalten.«

»Brennende Zündhölzer haben Sie daran gehalten? Feuer haben Sie daran gelegt?«

»Das scheint ziemlich verrückt – wollen Sie sagen, nicht wahr? Oh, aber es war in einem feuersicheren Behälter – einer alten Teschingpatronenhülse, gerade groß genug, um es aufzunehmen, und natürlich fest verlötet. Außerdem gerade klein genug, um dorthin zu passen, wohin ich sie plazierte ... Erinnern Sie sich der großen, gebogenen Bruyèrepfeife, die ich rauchte, so oft Ihre Gorillas mir Gelegenheit dazu ließen? Diese Pfeife war das einzige Ding an mir, das nicht untersucht wurde. Gut – was könnte schon in einer Tabakspfeife, und sei sie noch so klobig, verborgen sein? Nicht wahr, das haben Sie gedacht? Doch im Schaft dieser Art Pfeifen gibt es einen relativ weiten Hohlraum für einen auswechselbaren Filter. Und die Patronenhülse mit dem Mikrofilm war um zwei Millimeter schmaler als dieser Hohlraum, so daß die Pfeife sogar noch Zug behielt. Ehrlich gesagt, es gab einen unangenehm metallischen Geschmack« – Ellery verzog bei der Erinnerung ein wenig das Gesicht –, »aber wenn ich an alle jene unglücklichen Menschen denke, vornehmlich an die vielen Jugendlichen unter ihnen, die dazu verführt wurden, Ihr Marihuana zu rauchen und sich mit Ihrem Heroin vollzupumpen – dann möchte ich behaupten, daß diese kleine Unannehmlichkeit kaum der Rede wert war. Meinen Sie das nicht auch?«

Aus dem Amerikanischen von Hans P. Thomas

Wolfgang Ecke: Die Geschichte vom beinahen Ableben einer glücklichen Witwe

Der elegantgekleidete Mann unter dem Schirm verfluchte leise die telefonische Aufforderung, die letzten dreihundert Meter zu Fuß zu gehen. Überhaupt war Belcrofts Benehmen am Telefon äußerst dubios gewesen. Schon wie er gesprochen hatte, die Art sich auszudrücken – es hatte etwas Geheimnisvolles an sich. Oder besser: etwas Nebulöses. Der Mann übersprang eine Pfütze, die sich durch das Senken mehrerer Steinplatten gebildet hatte. Dabei streckte er den Schirm von sich wie einer, der über ein schmales Brett balanciert.

Seine Blicke streiften das von vielen Treffern ramponierte Emailschild nur kurz.

»B. C. Belcroft, Notar« war zu lesen, beziehungsweise zu ahnen.

Das E und das O von »Belcroft« bestand nur aus kreisrunden Rostflecken.

Die schon ziemlich mitgenommenen Fresken im Treppenhaus zeugten von längst vergangener Vornehmheit. Trotzdem schien man sehr um Reinlichkeit bemüht. Alles war sauber geputzt und intakt. Es roch nach Bohnerwachs und Insektenspray.

Belcrofts Kanzlei befand sich im 2. Stock. Als der Besucher auf die Klingel drückte, war er noch immer zu keinem Resultat hinsichtlich des Grundes für den von dem Notar gewünschten Besuch gekommen.

»Es ist mir angenehm, daß Sie pünktlich sind, Sir!« lächelte der Advokat, während er sich die langen, grauen Haare aus der Stirn strich.
Belcroft, eine hagere Erscheinung, war Anfang sechzig. Sah man ihn so vor sich, konnte man Zweifel hegen, daß er seinem Schneider viel Freude bereitete. Es mußte in der Tat schwierig sein, die knochige, leicht nach vorn gebeugte Gestalt vorteilhaft zu bekleiden.
Housgard, so der Name des Eintretenden, stellte schweigend seinen Schirm in den Ständer, legte den Hut auf die Ablage und ließ sich beim Abstreifen des Mantels helfen.
Verwundert registrierte er, wie Belcroft den Schlüssel an der Korridortür herumdrehte.
Als er auch noch Mrs. Haggertys Schreibtisch unbesetzt sah, ahnte er, daß der Notar mit ihm allein sein wollte.
Trotzdem fragte er: »Ist Mrs. Haggerty krank?«
»Nein, ist sie nicht. Aber mittwochs gebe ich ihr für den Nachmittag immer zwei Stunden frei. Da besucht sie ihren Mann im Krankenhaus.«
Sie setzten sich. Belcroft hinter seinen Schreibtisch, Housgard in einen der uralten, rissigen Ledersessel. Wieder lächelte Belcroft.
»Ich meinte, daß es gut wäre, wenn Mrs. Haggerty Sie nicht sieht.«
Housgard musterte sein Gegenüber mehr verärgert als neugierig. Und, eine Spur schärfer als beabsichtigt, sagte er:
»Haben Sie einen mystischen Schub, Mr. Belcroft? Es ist Zeit, daß Sie die Katze aus dem Sack lassen! Wozu die ganze Heimlichtuerei?«
»Nichts ist ohne Sinn, Sir!« erwiderte Belcroft vieldeutig.
Housgard machte eine ungeduldige Handbewegung.
»Ich habe keine Lust, Rätsel zu raten. Warum darf niemand wissen, daß Sie mich angerufen und sich mit mir verabredet haben? Warum sollte ich allein kommen und dann auch noch zu Fuß ... bei diesem Wetter?«
Belcroft stierte eine Weile vor sich hin, gerade so, als bereite ihm das Nachdenken Schwierigkeiten. Daß dabei seine Miene tieftraurige Nachdenklichkeit ausdrückte, schien ihm

ebensowenig bewußt zu sein, wie das Spielen seiner Finger mit einer Haarsträhne.
Als er Housgard endlich ansah, widerspiegelten seine Blicke verzweifelte Entschlossenheit, den eingeschlagenen Weg zu Ende zu gehen.
Er nickte Housgard zu. Kühl, gemacht distanziert, als habe nun die zweite Phase der Unterredung begonnen. Auch seine Stimme klang jetzt kalt und betont aggressiv. »Natürlich hätte ich auch einen Ihrer Brüder anrufen können, aber ich entschied mich für Sie, weil Sie, Absatz 1: der Letztgeborene sind, und Absatz 2: weil Sie ...« ein kurzes Zögern, dann: »... das gleiche Hobby betreiben wie ich.«
Housgard kniff die Augen zusammen. Betroffenheit und Verständnislosigkeit standen darin. Dann beugte er sich vor:
»Auf welches Hobby spielen Sie an, Mr. Belcroft?«
»Hundewetten, Sir!«
»Ach ... Sie wetten auch?«
Belcroft schluckte, und wieder diese typische Handbewegung zu den Haaren. Seine Stimme klang heiser, als er antwortete:
»Ich weiß, daß Sie in letzter Zeit ebenso viel Pech hatten wie ich.«
Um Housgards Lippen huschte ein flüchtiges, bitteres Lächeln:
»Ich bin sicher, daß mein Pech eine andere Größenordnung darstellt als das Ihre. Woher wissen Sie eigentlich, daß ich eine Pechsträhne hatte?«
Belcroft zuckte mit den Schultern. »Ist das wirklich wichtig? Nehmen Sie an, ich hätte es durch Zufall erfahren.«
»Weder meine Frau noch meine Brüder wissen davon. Dabei soll es auch bleiben ...« Housgard rutschte unruhig in seinem Sessel herum. Ein Verdacht hatte ihn durchzuckt, ein Verdacht, gefährlich und ... ja, abenteuerlich. Rote Flecken bedeckten seine Wangen. Und er sprach aus, was ihn bewegte, atemlos machte:
»Haben Sie vor, mich zu erpressen, Mr. Belcroft?«
Der Notar winkte ab. Weniger gekränkt als müde. Wo eben

noch Entschlossenheit herrschte, machte sich plötzlich Mutlosigkeit breit. Belcroft mußte sich zwingen, auf dem eingeschlagenen Weg weiterzugehen.
»Es geht um Ihre Erbtante, Lady Beverly!«
Housgard starrte den Notar an. Wo waren hier die Zusammenhänge? Was hatte Tante Beverly mit seinen Hundewetten zu tun?
»Was ist mit ihr?«
Belcroft senkte unwillkürlich die Stimme.
»Am Freitag kommt sie her, um ihr Testament zu ändern.«
»Sie ... Sie ... verdammt, Belcroft, was ist das für eine finstere Geschichte?« stieß Housgard hervor, aschgrau im Gesicht. In dieser Sekunde wußte er, was Tante Beverly mit seinen Hundewetten zu tun hatte.
»Sie will einen gewissen Mr. Martin Coxford als Universalerben einsetzen.«
»Coxford? Wer ist das?«
»Der Name sagt Ihnen nichts, Sir?«
Housgard mußte nachdenken. »Nein, nicht das geringste.«
»Er ist ihr Friseur und bester Freund!«
Housgard glaubte sich verhört zu haben.
»Sagten Sie eben Friseur?«
»... und bester Freund.«
Housgard sprang auf. »Hören Sie, meine Tante ist zweiundsiebzig Jahre.«
»Und Coxford ist neunundvierzig. Er schleppt Ihre Tante von einem Vergnügen zum anderen. Sie gehen ins Theater, sie gehen gemeinsam schwimmen und segeln ...«
»Segeln?« zeterte Housgard. »Tante Beverly hat vor vierzig Jahren das letzte Mal gesegelt. So jedenfalls gab sie es zum besten, als wir im vergangenen Jahr als Zuschauer beim Moorehead-Cup weilten.«
»Das war voriges Jahr, Sir. Inzwischen hat sie Mr. Coxford eine Segelyacht für zwanzigtausend Pfund geschenkt ...«
»Zum Teufel ...« zischte Housgard und ließ sich wieder in seinen Sessel zurückfallen. »Zum Teufel mit diesem Coxford ...«

»Ja, sie unternehmen auch stundenlange Wanderungen. Neulich kletterten sie vier Wochen lang in den schottischen Bergen herum. Und wenn ich ehrlich sein soll, Sir, all diese Unternehmungen scheinen Lady Beverly ausgezeichnet zu bekommen. Sie sprüht vor Unternehmungslust und am Telefon klingt sie nach zweiundvierzig und nicht nach zweiundsiebzig.«

Housgards Gedanken überschlugen sich. Würde es wirklich zu solch einer Testamentsänderung kommen ... Er wagte nicht weiterzudenken. Ausschließlich auf die zu erwartende Erbschaft hatten ihm die Banken immer und immer wieder Kredite eingeräumt. Und manches Schulterklopfen im Club galt weniger ihm, seiner Person, seinem Charakter, als dem Millionenerbe. Tante Beverlys Vermögen sollte nach ihrem Tode zu gleichen Teilen an die drei Housgard-Brüder fallen ...

Es war, als könne Belcroft Gedanken lesen.

»Drei Millionen Pfund für einen Friseur. Eine entsetzliche Vorstellung ...«

Housgards Finger öffneten den Hemdkragen und lockerten die weißgepunktete Krawatte.

»Haben Sie nicht versucht, ihr diesen Wahnsinn auszureden, Mr. Belcroft?«

»Mein Versuch blieb in den Anfängen stecken. Wenn ich noch ein Wort sagte, meinte sie, wolle sie sich auf der Stelle nach einem anderen Notar umsehen. Außerdem erinnerte sie mich an meine Schweigepflicht.«

»Kann ...« Housgards Stimme war so belegt, daß er sich räuspern mußte, »kann man gar nichts dagegen machen?«

Belcroft schüttelte den Kopf.

»Sie ist weder krank noch liegt etwas ähnliches vor. Außerdem handelt es sich um ihr eigenes Geld, das sie bereits mit in die Ehe mit Ihrem verstorbenen Onkel, Sir Anthony Housgard, gebracht hat.«

»Warum haben wir bis jetzt nichts von diesen Ereignissen erfahren?«

»Ich weiß es selbst erst seit vorgestern.«

»Von wem?«

»Von Lady Beverly persönlich. Sie rief mich an und bestellte mich zu sich. Ich war über drei Stunden bei ihr ...« Belcroft schluckte. »Ich mußte mir sogar einige Dutzend Fotos ansehen, Sir.«

»Von ... von diesem Friseur?«

»Ja.«

»Und wie sieht dieser Mensch aus?«

»Wie ... wie ...« Der Notar schien nach den richtigen Worten zu suchen.

»Na, wie was?« drängte Housgard mit bösem Tonfall.

»Wie einer, der genau weiß, was er will.«

»Glauben Sie, daß ihm meine Tante von ihrem Vorhaben erzählt hat?«

Belcroft sah Housgard ratlos an.

Schulterzuckend sagte er dann: »Ich weiß es nicht, Sir ... Aber ... ich könnte mir denken, daß sie es ihm gesagt hat.«

»Und was könnte das für Konsequenzen haben?«

Belcroft sah starr an Housgard vorbei. Seine Lippen blieben geschlossen.

»Belcroft, ich habe Sie was gefragt! Was könnte das für Konsequenzen haben?«

»Ich könnte nur mit Fantasie antworten, Sir!« erwiderte der Grauhaarige leise.

»Verdammt, dann antworten Sie gefälligst mit Fantasie!« fauchte Housgard.

»Der Friseur könnte nach der Umschreibung und nach dem Eintreten der Rechtsgültigkeit sich auf besondere Art und Weise bei Lady Beverly bedanken.«

»Was verstehen Sie unter besonderer Art?«

»Ich meine, er könnte sie so lange mit Begeisterung durch die Gegend schleifen, auf Berge, durch Täler und über Wasser, bis das zweiundsiebzigjährige Herz streikt.«

»Sie meinen, er könnte sie zu Tode joggen!«

»Bitte, Sir, wenn Sie es so volkstümlich wollen, ja, so etwas ähnliches meine ich. Er wäre auf einen Schlag die alte Dame los und verfügte über drei Millionen Pfund minus Erbschaftssteuer.«

Wieder stemmte sich Housgard aus dem Sessel hoch. Mit schweren Schritten begann er in der Kanzlei hin und herzulaufen. Zwei Minuten, drei Minuten, fünf Minuten.
Belcroft störte die Wanderung weder mit Worten noch mit Gesten. Um so erschrockener war er, als Housgard plötzlich vor ihm stehenblieb und die Faust auf den Schreibtisch donnerte. Zwischen den Zähnen stieß er hervor: »Warum haben Sie es mir gesagt, Mr. Belcroft?«
»Habe ich es nicht schon erwähnt?« gab Belcroft im Flüsterton zurück.
»Warum, Belcroft?«
»Die Hunde ... die Hunde, Sir. Ich bin ein bißchen arm bei all dem Pech geworden. Sollten Sie nun doch noch erben, könnte das auch für mich einen Lichtblick bedeuten ...«
Housgard hatte verstanden. Für ihn war Belcroft ein ekelhafter Schuft. Ein Schuft, der bezahlt werden wollte. Der genau wußte, daß Housgard über keine Reichtümer verfügte. Teuflisch geplant mit dem Wissen um Housgards finanzielle Situation.
Es war eine todbringende Einbahnstraße, in die Belcroft ihn schicken wollte.
Es fröstelte ihn. Und er haßte den Notar dafür, daß er wußte, daß ihm, Housgard, nicht viele Auswege blieben. In dem Augenblick, wo Tante Beverly ihr Testament zu seinen Ungunsten änderte, konnte er sich eine Kugel durch den Kopf schießen ...
Eigenartig, wie schnell es gehen konnte, daß es einen Menschen zu viel auf der Welt gab ...
Housgard musterte finster den Notar, der plötzlich krank aussah, wie er so gebeugt über seinem Schreibtisch hing und seinen Besucher mit fast furchtsamen Blicken beobachtete.
»Ich danke Ihnen für Ihre Information, Belcroft!«
Der Notar nickte schwerfällig. Und sein verbindlich sein sollendes Lächeln artete zu einer schmerzerfüllten Grimasse aus.
»Wo wir doch das gleiche Hobby haben ...« Es war nur ein Flüstern.

Housgard, Neffe eines Mannes, der von der Königin für seine Verdienste um England geadelt worden war, und Sohn eines Vaters, der als General mit der Nachkriegszeit nicht fertig geworden war, verließ die Kanzlei des Notars. Und mit ihm ging auch Belcrofts Hoffnung, daß die Sorgen seines Besuchers noch viel, viel größer seien als er vermutete ...

Lady Beverly saß auf dem Drehsessel vor ihrer Frisiertoilette und sah in den Spiegel, ohne sich jedoch wahrzunehmen. Ihre Gedanken konzentrierten sich voll und ganz auf ihren Gesprächspartner am anderen Ende der Leitung.
Sie trug ein langes Spitzennachthemd, darüber einen Frisierumhang, auf dem sich das noch volle, brünett-gefärbte Haar ausbreitete. Ihre Augen leuchteten, und das Timbre ihrer Stimme hatte den warmen Klang der Vertrautheit.
»Aber nein, Martin, da denkst du falsch. Wir haben doch schon oft genug darüber gesprochen. Nur ganz allein ich bestimme darüber, ob aus einer Lady Beverly Housgard eine Mrs. Coxford wird.«
»Ich bin mir nicht sicher, ob du dir damit nicht unnötige Schwierigkeiten aufladst, liebste Beverly«, klang eine dunkle, besorgt klingende Männerstimme durch den Draht.
»Ich habe mich ein Leben lang mit Schwierigkeiten herumgeschlagen, Martin. Ich bin darin geübt.«
»Trotzdem, deine Familie wird dir die Hölle bereiten.«
»Es ist eine angeheiratete Familie. Im übrigen habe ich mit meinem Notar gesprochen. Er hat mir klipp und klar gesagt, daß gegen eine Testamentsänderung nichts einzuwenden sei.«
Lady Beverlys Stimme hatte einen bitteren, anklagenden Unterton, als sie jetzt sagte:
»Sie sitzen wie die Hyänen in den Startlöchern und warten auf mein Ableben.«
»Sicher übertreibst du«, vermutete Martin Coxford.
»Vielleicht ... vielleicht aber auch nicht.«
»Was du jetzt deinen Neffen vorwirfst, wird man später mir vorwerfen.«

»Du wirst dir hoffentlich nichts daraus machen, mein Liebling.«
»Ich wollte, ich könnte dich von deinem Vorhaben abbringen, Beverly. Hast du deinem Notar auch von unseren Heiratsabsichten erzählt?«
»Das erfährt er erst morgen, wenn ich ihm den neuen Testamentsentwurf bringe.«
»Es wäre gut, wenn er es nicht an die große Glocke hängen würde.«
»Er ist zur Verschwiegenheit verpflichtet. Außerdem kenne ich ihn schon seit fast dreißig Jahren. Und er weiß, daß auch er einmal ein Stückchen vom Erbschaftskuchen bekommen wird. Soll ich dir etwas verraten, Martin?«
»Tu es!«
»Ich bin direkt traurig darüber, daß ich bis morgen abend warten muß, bevor ich die Bilder sehe. Du hättest nicht sagen dürfen, daß sie so gut gelungen sind.«
Eine Weile blieb es still in der Leitung, dann war Coxfords Stimme wieder da.
»Du hast recht, Beverly, warum sollst du bis morgen warten. Ich werde mich noch in dieser Minute ins Auto setzen und dir die Bilder bringen.«
»Das würdest du wirklich tun?«
»Ich bin schon unterwegs. In spätestens einer Stunde werde ich vor deiner Tür stehen!«
Es knackste in der Leitung. Auch Lady Beverly legte den Hörer zurück. Behutsam tat sie es.
Sie würde Anne bitten, Tee zu bereiten, chinesischen Tee, den Martin so gern trank. Da fiel ihr ein, daß Anne ja ins Kino gegangen war ... Nun ja, Tee zuzubereiten machte schließlich keine Schwierigkeit.
Lady Beverly fühlte plötzlich Müdigkeit. Unendlich traurig nickte sie ihrem Spiegelbild zu. Vielleicht wollte sie auch noch etwas bemerken, doch da wurden ihre Gedanken abgelenkt.
Ein leises metallisches Kratzen nahm ihre Aufmerksamkeit in Anspruch. Da wieder ...
Das würde Anne sein.

Automatisch glitten ihre Blicke zu der kleinen Rokokouhr, die vor dem Spiegel stand. 22 Uhr.
Der Film schien ihr nicht gefallen zu haben. Sonst kam sie immer erst gegen 23 Uhr.
Lady Beverly atmete erleichtert auf. Sie war ungern allein, obwohl sie die Ruhe liebte. Am zufriedensten machte sie jene Ruhe, die sie mit jemandem teilen konnte. Anne und sie zum Beispiel konnten am Abend vier Stunden dasitzen und lesen, ohne daß eine von ihnen ein Wort sprach.
»Komm bitte noch einen Augenblick zu mir, Anne!« rief sie laut und begann damit ihre Haare zu bürsten.
Die Tür schwang zurück ...
Lady Beverly erstarrte mitten in der Bewegung.
Ihr Herz begann schmerzhaft zu schlagen, und das Entsetzen hatte in Sekundenschnelle ihren Mund austrocknen lassen. Mühsam versuchte sie zu schlucken.
Was sie im Spiegel sah, war nicht Anne.
Ein Mann stand dort. Ein Mann in einem dunklen Overall, einer Strumpfmaske über dem Gesicht und einer Wollmütze auf dem Kopf. Er kam langsam auf sie zu.
»Ein Einbrecher«, versuchte Lady Beverly Ordnung in ihre sich überschlagenden Gedanken zu bringen. »Ich bin allein ... Anne kommt noch lange nicht und Martin braucht auch eine Stunde.« Sie war hoffnungslos allein. »Ich muß stark sein. Er will sicher nur Geld ... oder Schmuck ... oder auch beides.«
Langsam schob sie sich von der Wand ab und drehte sich um 180 Grad. Der Maskierte stand nur noch einen Meter von ihr entfernt ...
Und dann entdeckte sie etwas, was sie stutzig machte, ihr den Atem nahm und ihre Gedanken in Alarmzustand versetzte. Es waren die Hände des Mannes.
Wie hypnotisiert starrte sie auf seine Hände, die in Einweghandschuhen steckten. Es kostete sie Mühe, ihre Blicke davon zu lösen und die Augen des ungebetenen Gastes zu suchen.
Bewegungslos stand dieser vor ihr. Nichts regte sich an ihm ...

»Was wollen Sie? Geld?« Lady Beverly stieß es heftig hervor, obwohl sie sich eben noch vorgenommen hatte, Ruhe und Beherrschung zu bewahren.
»Geld ...« tönte es ihr höhnisch durch die Strumpfmaske entgegen. »Geld ... Geld ... Es ist schon komisch, daß auf der Welt immer die das meiste Geld haben, die am wenigsten Vernünftiges damit anzufangen wissen ...«
Lady Beverlys Körper hatte sich schon nach den ersten Worten versteift. Diese Stimme kannte sie doch, die war ihr vertraut ... Aber das konnte doch nicht wahr sein ... Sie mußte sich irren ...
Diesmal klang sie noch höhnischer:
»Du fragst dich, woher du die Stimme kennst, was, Tante Beverly? Sie kommt dir verdammt bekannt vor ...«
Lady Beverly brachte im Augenblick nicht mehr, als ein stummes Nicken zustande. In ihrem Kopf wirbelten die Gedanken durcheinander. Sie wußte jetzt, daß einer ihrer Neffen vor ihr stand.
»Du überlegst, welcher es sein könnte, stimmt's? Wie hast du doch immer gesagt? Am Telefon, und an der Stimme kann ich Euch nicht auseinanderhalten ...«
Wieder nickte Lady Beverly.
»Nun, wer glaubst du, steht vor dir? Der tüchtige John-Berry, dem du früher so oft heimlich ein Pfund zugesteckt hast, weil er so besonders fleißig war? Natürlich hat es John-Berry postwendend seinen Brüdern erzählt. Oder bin ich Christopher, der Mann, der eine arme Sängerin heiratete und sich damit den Unwillen der reichen Erbtante zuzog? Oder bin ich der Nichtsnutz Henry, der jüngste mit den meisten Schulden?«
»Ich weiß es nicht ...« erwiderte Lady Beverly leise, und langsam begann ihr Verstand wieder zu arbeiten. Das für sie Unbegreifliche war, daß sie keine Antworten auf die Frage fand: Warum verschaffte sich einer ihrer Neffen uneingeladen Zutritt zu ihrer Wohnung, und was hatte die Maskierung zu bedeuten? Wollte er sich deshalb nicht zu erkennen geben, weil ... An dieser Stelle stockten ihre Gedanken, und sie spürte angstvolle Beklemmung. »Ich muß ihn hinhal-

ten, bis Martin kommt, ganz gleich, was er im Schilde führt!« redete sie sich ein, und wußte zugleich, daß sie schon jetzt nahe daran war, an dieser Aufgabe zu scheitern. Die Ungewißheit, das Unfaßbare der Situation ließ ihren Atem schwer gehen. Wüßte sie doch wenigstens, wessen Gesicht sich unter der Strumpfmaske verbarg: John-Berrys, Christophers oder Henrys. Noch vor Minuten hätte sie keinem der drei ein solches Vorgehen zugetraut.
Die Einweghandschuhe ... Warum nur trug er Einweghandschuhe? Immer wieder kehrten ihre Blicke zu den Händen zurück. Das heißt, jetzt war es nur noch eine. Die linke Hand steckte im Overall ...
»Ich habe ganz zufällig erfahren, daß du uns enterben willst ...« Die Feststellung klang sachlich, ja direkt geschäftsmäßig-kühl. Und gerade dieser Tonfall hätte Lady Beverly warnen müssen. Doch statt an ihr Vorhaben »Ruhe bewahren-hinhalten-Zeit gewinnen« zu denken, schlug das ganze Temperament der McIntyers (sie war eine geborene McIntyer) durch: »Genau das habe ich vor. Und wie du siehst, handelt es sich um einen Entschluß, der gerechtfertigt ist.«
»Man erzählt sich, daß du dein ganzes Geld einem Figaro hinterlassen willst.«
Zorn war der vorherrschende Ton in Lady Beverlys Stimme, als sie, hoch aufgereckt, zurückgab:
»Nicht nur das, Neffe, welcher du auch sein magst, ich werde den Figaro sogar heiraten.«
Sekundenlang erfüllte nur das Ticken der Rokokouhr den Raum.
»Wie dumm von dir, das alles, Tante Beverly ...«
»Wie kannst du es wagen, mir in diesem Aufzug ...
Housgard ließ sie nicht zu Ende sprechen. Heiser vor Haß zischte er ihr entgegen:
»Du wirst niemanden enterben, und auch niemanden mehr heiraten!«
Lady Berverly erkannte die Gefahr viel zu spät. Housgard trat einen Schritt nach vorn.
Blitzschnell schoß die bis dahin im Overall steckende Hand

hervor. Sie hielt eine Art überlangen Dorn von der Dicke einer Stricknadel umklammert. Noch bevor die gepflegte alte Dame im Spitzennachthemd eine Abwehrbewegung machen konnte, hatte ihr Housgard das Mordinstrument in die Brust gestoßen. Mit einem geflüsterten »mein Gott« fing er die langsam zusammensinkende und nach vorn abkippende Gestalt auf. Noch sahen ihn ihre aufgerissenen Augen an, als könne sie nicht glauben, was eben geschehen war.
»Martin ...« hauchten ihre Lippen ...
Wenige Minuten später fand Housgard in ihrer Handtasche den Entwurf für das neue Testament ...

Die Rokokouhr zeigte 1 Uhr 20.
Im Zimmer waren sämtliche Beleuchtungskörper eingeschaltet. Detektivinspektor Mike O'Haara und Lennie Bucklet, sein Mitarbeiter, sahen ungläubig auf Martin Coxford, und O'Haara wiederholte, was ihm unverständlich erschien:
»Sie behaupten, daß Lady Beverly ihren maskierten Mörder erkannt hat, und zwar an der Stimme? Es handelt sich ihrer Meinung nach um einen ihrer Neffen, habe ich recht?«
Martin Coxford nickte.
»Es hat sie Mühe gekostet, zu sprechen ...«
O'Haara schüttelte den Kopf. »Das ist widersinnig. Warum sollte sich der Neffe maskieren, wenn er wußte, daß seine Tante ihn jederzeit an der Stimme erkennen konnte?«
»Es gibt drei Neffen. Und Lady Beverly hat mir mehrmals erzählt, daß sie ihre Neffen am Telefon nicht auseinanderhalten könne.«
O'Haara blieb skeptisch:
»Warum sollte ein Neffe sie umbringen, Mr. Coxford? Haben Sie darauf auch eine Antwort?«
Coxford nickte, Röte stieg ihm in die Wangen.
»Ja, ich habe eine Antwort: Lady Beverly wollte bei ihrem Notar ihr Testament ändern.«
O'Haara sah interessiert auf. »Zu Ungunsten des oder der Neffen?«

»Ja ...« Und beteuernd versicherte der untersetzte Mann: »Ich schwöre Ihnen, daß ich mehr als einmal versucht habe, ihr das auszureden.«
Der Inspektor musterte Coxford mit unbewegter Miene. »Ist das so zu verstehen, daß Lady Beverly ihre Neffen enterben wollte?«
»Ja ...«
»Zu wessen Gunsten?«
Man sah es Martin Coxford an, daß ihm die Rolle, die er hier spielen mußte, äußerst unangenehm war. Schließlich gab er sich einen Ruck, und in seinen Blicken lag etwas wie Trotz.
»Ich könnte Ihnen jetzt was vorlügen, aber ich glaube, daß ich Beverly die Wahrheit schuldig bin. Sie hatte es sich in den Kopf gesetzt, daß ich ihr Universalerbe werden müsse. Noch etwas sollten Sie wissen, Inspektor: Wir hatten vor, zu heiraten ...«
Das Telefon auf der Frisiertoilette klingelte. O'Haara gab Lennie Bucklet einen Wink, und Buckley meldete sich mit den Worten:
»Hier bei Lady Beverly Housgard!« Dann sagte er noch: »Hallo, Dan ...« und zu O'Haara: »Es ist Besson aus dem Hospital!«
Der Inspektor übernahm den Hörer und knurrte ein: »Ja, Sergeant, was gibt's?« in die Muschel.
Nach einer Minute legte O'Haara auf. Seine Miene hatte sich merkwürdig verändert, der äußerst zufriedene Ausdruck ließ auf angenehme Neuigkeiten schließen.
»Es steht fest, daß die Lady durchkommt. Das Herz wurde nur gestreift!«
»So ein Glück ...« flüsterte Martin Coxford und rieb sich die Hände an den Hosenbeinen. »Mein Gott, so ein Glück ...«
»Ja, für Lady Beverly und Sie schon ... für einen der Housgards weniger ...« sagte der Inspektor. Mit einem bissigen Lächeln bohrte er Coxford den Zeigefinger in die Brust. »Ich muß Sie um zwei Dinge bitten, Mr. Coxford. Einmal darf niemand erfahren, daß Lady Beverly den Anschlag

überlebte, zum anderen seien Sie bitte morgen um 9 Uhr in meinem Büro. Ich möchte Sie gern mit den drei Housgard-Brüdern bekanntmachen.«
»Okay, Inspektor!« stimmte Coxford sofort zu. »Sie können sich auf mich verlassen.« Und giftig fügte er hinzu: »Wenn ich vorhin sagte, daß ich mich gegen eine Testamentsänderung gewehrt habe, so gilt das jetzt nicht mehr.«
Der Inspektor lächelte noch immer: »Vergessen Sie nicht, daß es zwei Unschuldige bei den Dreien gibt, Mr. Coxford.«
»Sind Sie sich da so sicher, Inspektor?«
»Hm ... Sie haben recht. So sicher kann man sich da gar nicht sein ...«

Der fleißige John-Berry Housgard und sein Bruder Christopher, der Mann der Sängerin Patty Lover, trafen zuerst ein.
Überrascht, irritiert, verlegen, ahnungslos, vielleicht auch eine Spur gekränkt. Aber schuldbewußt? Nein, schuldbewußt oder informiert sahen sie nicht drein.
Fünf Minuten später stürmte auch Henry Housgard ins Büro des Inspektors. Als er seine Brüder sah, stutzte er kurz, dann trat er aufatmend und eilig auf John-Berry zu.
»Bevor ich frage, wozu man mich hierherbestellt hat, eine andere Frage: Johnny-Bruder, kannst du mir mit zwanzig Pfund aushelfen?«
John-Berry verzog sein Gesicht zu einem säuerlichen Grinsen. »Bist du sicher, daß du mit zwanzig Pfund auskommst, Henry?«
»Absolut sicher!«
John-Berry griff in die Tasche und hielt seinem Bruder einen Geldschein hin. »Wenn du so sicher bist, dann tut es wohl auch die Hälfte!«
Henry strahlte seinen Bruder an. »Ich hatte ohnehin nur die Hälfte einkalkuliert. Ich danke dir ...« Er schlug dem anderen Bruder Christopher auf die Schulter. »Hallo, Chris, wie geht es meiner singenden Schwägerin?«

»Danke, es geht ihr gut!«
Jetzt trat Henry auf Lennie Bucklet zu.
»Ich nehme an, Sie können mir verraten, wozu man mich«, eine weitausholende Armbewegung, »oder auch uns, herbestellt hat?«
»Das wird Ihnen sofort Inspektor O'Haara sagen, Sir!« erwiderte Bucklet höflich. »Er muß jeden Augenblick hier sein!«
Es war, als hätte O'Haara nur auf sein Stichwort gewartet. Er ließ Martin Coxford den Vortritt, während er selbst die drei Brüder mit blitzschnellen Blicken musterte.
Die erste Feststellung, die er dabei machte, war die, daß sich alle drei Brüder in Größe und Figur ähnlich sahen, wie ein Ei dem anderen.
»Ich nehme an, Gentlemen«, kam der Inspektor ohne Umschweife zur Sache, »daß Sie noch nicht über den Grund Ihrer Vorladung unterrichtet wurden.«
Noch ehe sich einer der Housgard-Brüder äußern konnte, fuhr der Beamte fort: »Darf ich Ihnen hier Mr. Martin Coxford vorstellen!« Drei angedeutete Verbeugungen auf der einen Seite, keinerlei Reaktion auf der anderen. Coxford gab sich wenig Mühe, seine Feindseligkeit zu verbergen. »Mr. Coxford kam gestern abend um etwa eine Stunde zu spät, um einen Mordanschlag zu verhindern.«
Die drei Brüder, eben noch höflich interessiert dreinblikkend, sahen jetzt betroffen bis entsetzt auf O'Haara. »Ein Maskierter hat versucht, Ihre Tante, Lady Beverly Housgard, mit einer Ahle umzubringen.«
Christopher taumelte auf einen Stuhl zu. »Tante Beverly ...«
»Wa ... wa ... warum sollte jemand Tante Beverly ... Tante Beverly umbringen wollen?« stammelte auch John-Berry. Henry Housgard dagegen stand wie zur Salzsäule erstarrt und versuchte vergeblich Worte zu formulieren.
»Ja, Gentlemen«, nahm O'Haara den Faden wieder auf, »die traurige Wahrheit ist, daß der Täter unter Ihnen dreien zu suchen und zu finden ist. Es steht Ihnen natürlich frei, Ihre Anwälte herzubitten.«

John-Berry schüttelte den Kopf, so, als könne diese furchtbare Beschuldigung nicht im Ernst gesprochen worden sein.
»Eine solche Anklage setzt doch Beweise voraus, Inspektor. Haben Sie solche Beweise?«
O'Haara nickte in Richtung Coxford. »Hier steht mein Beweis. Bitte, Mr. Coxford, sagen Sie, was Sie wissen!«
»Als ich gestern abend zu Lady Beverly kam, lag sie schwerverletzt am Boden ...«
»Wer hat Sie eingelassen?« wollte Christopher wissen.
»Anne, das Mädchen. Ich kam gleichzeitig mit ihr vor dem Haus an. Während Anne Arzt und Polizei alarmierte, kam Lady Beverly für Augenblicke zu sich. Ich fragte sie, wer es getan hätte und sie antwortete, daß sie einen ihrer Neffen an der Stimme erkannt hätte.«
»Aber aus welchem Grund sollte einer von uns versucht haben, Tante Beverly umzubringen?« John-Berrys Stimme klang heiser vor Erregung.
»Ja, Mr. Coxford, darauf können Sie auch gleich antworten.«
»Ihre Tante wollte heute ihr Testament zu Ihrer aller Ungunsten ändern.«
»Was???« stieß John-Berry hervor, und diesmal kam auch in Henry Bewegung. Mit drei Schritten war er bei Coxford, packte diesen am Jackett und schüttelte ihn. »Sie lügen! Sie sind ein ganz infamer Lügner!«
Martin Coxford sah hilfesuchend auf O'Haara. »Bitte, Inspektor, wenn ich mich selbst wehre, könnte es einen Verletzten geben.«
»Lassen Sie Mr. Coxford los, Sir. Sie haben keinerlei Veranlassung, handgreiflich zu werden. Außerdem lügt Mr. Coxford nicht. Wir haben die Bestätigung ihres Notars vorliegen.«
Henry Housgard folgte der Aufforderung, nicht ohne vorher Coxford noch einen leichten Stoß zu versetzen, und ihm zuzuzischen: »Schmarotzer!«
Wieder meldete sich John-Berry zu Wort. Bleich, mit fahrigen Bewegungen wandte er sich an O'Haara:

»Besteht nicht die Möglichkeit, daß sich unsere Tante, was die Stimme anbetrifft, geirrt hat?«
»Scheinbar nicht. Nach unseren Informationen hat sich der Täter keinerlei Mühe gegeben, seine Identität, bis auf den Namen, zu verheimlichen.«
»Da könnte Absicht dahinterstecken«, sagte John-Berry und sah seine Brüder an.
»Stimmt. Darf ich fragen, wann Sie das letzte Mal Ihre Tante besucht haben?«
»An ihrem zweiundsiebzigsten Geburtstag ...« gab John-Berry zurück. »Da waren wir alle drei da ... Das ist über vier Monate her.«
»Seitdem haben Sie nichts von ihr und über sie gehört?«
»Nein, Inspektor!«
»Und Sie, Sir?«
Christopher schüttelte den Kopf. »Nein, ich auch nicht!«
Henry kam der Frage zuvor: »Das gleiche trifft auch auf mich zu.«
»Dann wußte also keiner von ihnen, ob und was sich in Lady Beverlys Leben verändert hatte?«
Alle drei Housgards verneinten. John-Berry energisch, Christopher verständnislos und Henry uninteressiert.
Der Inspektor hob und senkte die Schultern.
»Trotzdem gilt es als unumstößliche Tatsache, daß sich einer von Ihnen des versuchten Mordes schuldig gemacht hat. Ich werde ...«
O'Haara vollendete den Satz nicht, denn das Telefon klingelte. Er nahm den Hörer ab, lauschte mit ständig wachsender Aufmerksamkeit. Auch diesmal kam das Gespräch aus dem Hospital. Und wie schon in der vergangenen Nacht, war es wieder von entscheidender Bedeutung. O'Haara hatte Mühe seinen Triumph zu verbergen. Er legte auf und sah die drei Housgard-Brüder der Reihe nach an.
»Ihre Tante war soeben in der Lage, eine Aussage zu machen. Eine Aussage, die es uns ermöglicht, den Täter zu identifizieren. Lady Beverly erinnert sich, daß der Mann, der sie niederstach, die Tat mit der linken Hand beging. Wer von ihnen ist Linkshänder?«

Wie auf Kommando flogen die Köpfe von Henry und Christopher herum.
»Aber ...« es war mehr ein Röcheln. John-Berry torkelte mit ausgestreckten Armen auf O'Haara zu. »Ich ... Oh, Inspektor, ich könnte keiner Fliege etwas zuleide tun, geschweige denn meiner eigenen Tante.«
»Aber Sie sind Linkshänder, oder?«
»Ja ... jaja, ich bin Linkshänder ... Du lieber Gott, was hat das nur alles zu bedeuten ...«
Henry trat auf seinen Bruder zu und packte ihn am Arm. »Reiß dich zusammen, Johnny ... Laß dich nicht so gehen ...«
»Wie soll ich mich zusammenreißen, wenn man mich des Mordes beschuldigt? Chris, sag doch was!« John-Berry hielt seinem Bruder Christopher beschwörend die Hände entgegen.
»Vielleicht ... vielleicht sollten wir einen Anwalt rufen, John-Berry!«
»Ja, das ist gut!« stimmte Henry sofort zu. »Einen Anwalt, der auf Affekthandlung spezialisiert ist!«
»Wieso Affekthandlung, Henry?« stieß John-Berry hervor.
Diesmal war es Christopher, der sprach: »Niemand würde glauben, daß du so etwas vorsätzlich tun könntest.«
»Aber das ist doch Wahnsinn. Ich habe es nicht getan!« schrie John-Berry Housgard. »Warum auch, warum? Sagt mir, warum ich es getan haben sollte!«
»Weil sie uns enterben wollte!« rief Henry leise. Und er rüttelte John-Berry am Arm. »Da bist du durchgedreht. Johnny, jeder Anwalt verschafft dir da mildernde Umstände!«
In diesem Augenblick kam Christopher eine Idee.
»Es sei denn, du hast ein Alibi, John-Berry!«
»Stimmt«, rief Henry und strahlte seinen Bruder voller Hoffnung an. »Du sagst dem Inspektor, wo du gestern abend um zehn Uhr warst, und du bist aus jedem Schneider raus.«
John-Berry Housgard schluckte und sah seine Brüder an, den Inspektor, Bucklet ... er schüttelte Henrys Hand von seinem Arm ... und plötzlich stürmte er auf die Tür zu.

Noch bevor die anderen begriffen, was geschah, riß er sie auf und – prallte zurück. Zwei massige Beamte verstellten ihm grinsend den Weg.
Mit resignierendem Schulterzucken wandte sich Housgard O'Haara zu und streckte ihm seine überkreuzten Arme entgegen.
»Bitte, verhaften Sie mich. Ich bin nicht nur Linkshänder, ich habe für die fragliche Zeit auch kein Alibi. Ich war mit dem Auto unterwegs ...«
Mike O'Haara sah ihn an. Ernst, mit einer Spur Vorwurf in den Augen.
»Ich habe etwas gegen Leute, die unbedingt das arme Opfer spielen wollen, Sir!« knurrte er.
Housgard starrte den Inspektor verständnislos an.
»Ich verstehe nicht ...«
»Sie sollten sich wehren, wenn man Sie zu Unrecht verdächtigt ...«
»Also wissen Sie, daß mein Bruder unschuldig ist?« freute sich Henry.
»Ja, Mister Housgard. *Sie* waren so freundlich, mir dafür den Beweis zu liefern.
»Ich??«
»Ja, indem Sie verrieten, daß *Sie* selbst der Täter waren. Nur der wirkliche Täter konnte über die genaue Tatzeit so gut informiert sein. Sie kam bisher nicht zur Sprache. Das zum einen. Zum anderen: Wäre der Linkshänder ein echter Linkshänder gewesen, hätte er bestimmt nicht zweimal danebengestochen. Zum dritten: Mr. Coxford hier wurde Ihnen nur als Mr. Coxford vorgestellt. Über seine genauen Beziehungen zu Lady Beverly konnte also nur der Täter informiert sein. Sie, Mister Housgard, waren informiert, sonst hätten Sie keine Veranlassung gehabt, Mr. Coxford mit dem Schimpfwort ›Schmarotzer‹ zu belegen. Es steht nunmehr nur noch eine, im Augenblick allerdings nicht so wichtige Frage zur Klärung aus: Wer hat Sie über die bevorstehende Testamentsänderung unterrichtet ... Und jetzt dürfen *Sie* sich um einen Anwalt bemühen. Ich glaube nämlich nicht, daß Ihnen Ihre Brüder diese Arbeit abnehmen ...«

Über die Autoren

William Brittain (geb. 1930)
Zeitgenössischer amerikanischer Erzähler, schreibt vor allem Detektivgeschichten.
Der Mann, der Georges Simenon las; aus: Ellery Queen's Kriminalmagazin 52. Heyne-Buch Nr. 1653.

Wolfgang Ecke (geb. 1927)
Erfolgreichster deutscher Autor von Detektivgeschichten für Jugendliche, ständiger Mitarbeiter bei vielen europäischen Rundfunkanstalten.
Die Geschichte vom beinahen Ableben einer glücklichen Witwe (Erstveröffentlichung).

John D. MacDonald (geb. 1916)
Amerikanischer erfolgreicher Kriminalschriftsteller. Veröffentlichte bereits über 50 Kriminalromane.
Der Buick bringt's an den Tag; aus: Hitchcock's Lieblingsmorde 3. Scherz-classic-Krimi 433.

Hugh Pentecost (geb. 1903)
Pseudonym für Judson Philips. Unter beiden Namen veröffentlichte der amerikanische Schriftsteller zahlreiche Kriminalromane.
Der Tag, als die Kinder verschwanden; aus: Dolly Dolittle's Crime Club 3. Diogenes Verlag, Zürich.

Ellery Queen
Pseudonym für das Autorenteam Frederic Dannay (geb. 1905) und Manfred B. Lee (1905–1971). Seit 1929 veröffentlichten die Autoren Kriminalromane unter dem Pseudonym und gaben dem Helden ihrer Bücher denselben Na-

men. Der Erfolg, über 150 Millionen verkaufte Bücher, gab ihnen recht.
Die schwarze Kladde; aus: Mary Hottinger (Hrsg.), Noch mehr Morde. Diogenes Taschenbuch 25/III.

Dorothy Leigh Sayers (1893–1957)
Englische Schriftstellerin, die neben Romanen und Kurzgeschichten eine Reihe religiöser Dramen schrieb. Sie studierte französische Literatur und legte als eine der ersten Frauen an der Universität Oxford ihre Examina ab.
Das Drachenhaupt; aus: Dorothy Sayers, Alle Lord Peter Stories. Rainer Wunderlich Verlag, Hermann Leins, Tübingen und Stuttgart.